不行嗎？
我覺得可以喲……
嫉妒的答覆
原案／HoneyWorks
作者／藤谷燈子
插圖／

我的意思是，我喜歡妳！
望月蒼太
高三。隸屬於影研社。
對燈里一見鍾情。

早坂燈里
高三。隸屬於美術社。
很有異性緣，但個性單純。
我絕對不會讓妳悲傷難過，
每天都會讓妳展露笑容！

我沒有告白的勇氣。
燈里美眉今天也好可愛喔…
不知她有沒有喜歡的人？
如果喜歡的人沒有喜歡的對象，那就好了。
我也知道有這種想法是不對的…
望太～！快點閃開～！
!?
ボゴッ
一定是因為我許了那種差勁的願望，才會遭天罰吧…！

嗚喔！
你沒事吧…
ぷる
ぷる
不妙…
看來得去保健室了。
※轟——
ブ
ン
嫉妒、拚命掙扎，怎麼也無法輕鬆。
好想和妳說話，
好希望獨占妳一人。

衝啊——！
早坂同學。

我有話想對妳說。
今天放學後…
可以請妳四點十分時…
在這間教室裡等我嗎？
點頭
心臟狂跳不已，但只要忍耐片刻就好…！

倒數五分鐘的咒語──
要上嘍……！
←鼓起告白的勇氣後，在前方等待的是──!?

告白預演系列 2
嫉妒的答覆
原案／HoneyWorks
作者／藤谷燈子 插圖／ヤマコ
Kadokawa Fantastic Novels
MILK
ヤメロー!

Contents
~目錄~

內頁插圖／ヤマコ

8:28

introduction ～前奏曲～

（已經三年沒有通過這個入境大門了呢……）

在七年前高中畢業之後，我從美國返回日本的次數便屈指可數。

進入美國大學就讀的我，只有在年末年初的時期會回到日本。而這樣的習慣，也幾乎因近幾年參與的電影專案企畫而被迫中止。

我這次會被半強迫地逼回國，是為了參加兒時玩伴的結婚典禮。

（除了夏樹的奪命連環Call以外，優跟望太甚至還傳了「我們找到足以代表你黑歷史的影片了！若不想被公開，敬請自行返國領取」這樣的電子郵件……）

原本就打算回國參加的我，這次還特地在典禮前後空下一段時間。

不過，我也很明白這三人會如此團結一致地不停捎來聯絡的理由。

因為我回國時，並不會聯繫家人以外的人，也不會跟他們見面。

introduction
～前奏曲～

（……或許應該說是「無法跟他們見面」才對。）

我瞇起太陽眼鏡下的雙眼，望向一個波士頓包。那是我唯一的行李。

我坐在大廳椅子上打開包包翻找，那樣東西隨即現身。

這本厚重而陳舊的紅色筆記本，封面上有著「櫻丘高中三年二班 合田美櫻」的字樣。

一如她的筆跡，每張素描都細膩地呈現出這個世界的面貌。

「該說她是生性認真，或是老實坦率呢……」

儘管這已不知是第幾次翻閱，然而，不可思議的是，她的作品永遠讓我看不膩。每翻一頁，內心就同時湧現一股新鮮感和懷念之情。

「……不知道她過得好嗎？」

自從畢業之後，我們就不曾見過面。但我腦海中的她，永遠帶著溫柔的笑容。

閉上雙眼，高中時代的情景鮮明復甦。

連自己的感情都無法如願表達，然而卻又總是全力以赴的那些日子。

生日／9月3日
處女座
血型／B型

隸屬於電影研究社。
十分懂得體恤他人，
常常成為
其他友人吐嘈的對象。
相當喜歡燈里，可是……

answer 1

~答覆1~

answer 1 ～答覆1～

「我有話想對妳說。今天放學後的四點十分，可以請妳在這間教室裡等我嗎？」

蒼太喚住剛上完其他教室的課程回來的燈里。這是他們倆第二次的對話。但燈里從頭到尾都沒開口，所以不知能否稱得上是「對話」。

不過，聽到蒼太的請求，她確實點了點頭。

結束班會時間和打掃後，距離四點十分仍有一陣子。

（雖然想先去社團教室，等冷靜片刻後再出發，但搞不好只會有反效果。）

蒼太一直注意著時鐘，整個人坐也不是，站也不是。

開口和燈里攀談過後，蒼太的耳朵便再也無法接受半點老師講課的內容，只有吵死人的心跳聲不停迴響。

（再這樣下去，跟燈里美眉告白之前，我大概會先昏倒……）

嗡～嗡嗡～

「嗚哇啊！」

事先設定好的手機鬧鈴響起，讓蒼太瞬間從椅子上彈起身。

「糟……糟糕……感覺心臟都要迸出來了……」

操作手機的手不斷顫抖著，讓蒼太費了好一番功夫才解除鬧鐘的設定。

（冷靜點啊，蒼太。在這種關頭，更得保持平常心才行……）

他閉上雙眼，重複著吸氣又吐氣的動作。

浮現在腦海裡的，是自己在遠處眺望到的燈里的笑容。

她對蒼太一個人露出笑容，至今只有一次。

如果不鼓起勇氣，接下來就不可能有第二次了。

蒼太用因緊張而發冷的雙手拍了拍自己的臉頰。

（嗯，我清醒了。）

他望向時鐘，指針已經移動到接近四點的位置。

雖然還有點早，但畢竟是自己主動提出的邀約，可不能讓對方等。

蒼太踏出腳步，朝向目的地——亦即燈里的教室走去。

每踩下一階樓梯，每在走廊上踏出一步，心跳就跟著變得激烈。

抵達教室門外的時候，胸口的悸動甚至帶著幾分痛楚。

（再一下下……再忍耐一下下就好。）

他將手撫上胸口，對著自己幾乎快要爆裂的心臟默唸。

蒼太朝手錶望了一眼，時間來到四點五分。

（還剩五分鐘……）

他將手緩緩握成拳頭，隔著制服襯衫按著胸口。

明明平常都沒有注意到，但現在，自己的心臟正因緊張、不安、期待等各種感情而狂跳不已。看來，人類似乎不只是用腦袋，而是用整個身體在談戀愛。

（我想要改變。變得更堅強，堅強到能夠向燈里美眉傳達自己的心意。）

蒼太緊緊閉上雙眼，在內心鼓起幹勁。

在最後一次的深呼吸之後，他將手伸向教室大門。

（要上嘍！）

蒼太拉開感覺比平常更沉重的門板，踏出為了改變的一步。

（……對熬夜的人來說，盛夏的陽光實在太毒辣了啦。）

光是星期一上午必須上足球課，就已經很不走運了，現在，竟然還必須承受如此強烈的日照和熱度。

一直看ＤＶＤ到將近清晨時分的蒼太，意識早已逐漸飄向遠處。

（果然還是應該看完一片就打住……呃，我好像每次都在反省同樣的事耶。）

雖然腦袋很清楚這點，但在按下播放鍵之後，蒼太就會像是被制約住似的，總在電視前待到跑出工作人員名單的最後一段。

尤其昨晚那幾部又都是自己最喜歡的導演執導的作品，所以免不了看得渾然忘我。

能夠長久維持，同時又獨一無二的愛，那就是「單戀」。

電影中的登場人物聽到這句台詞，是在某個氣氛沉重不已的場景。

對現在的蒼太來說，這是跟自己完全扯不上關係的狀況。然而，不可思議的是，這句台詞就這樣鑽入他的心中，盤據在內心的一角。

（……一定是因為無論是誰，都無法忽略「愛」的存在吧。）

總覺得自己似乎下了個不錯的結論。

正當蒼太暫時遺忘暑氣和疲勞，滿足地點點頭的同時，伴隨一陣清脆的「啪」的聲響，有人從後方拍了他的腦袋瓜一下。

「望太，別偷懶啦！」

不等蒼太轉頭察看，施展華麗的吐嘈攻擊的人便如此大喊。

從聲音就聽得出來，是春輝。

「你這樣大吼大叫的，體溫會升高喔～」

優在一旁打圓場的聲音接著傳來。這時，蒼太才終於意識到發生了什麼事。

（糟糕，我沒注意得分！）

他朝球場上望去，大家都杵在原地不動，比賽也跟著暫時中止。足球已經被踢回中圈的位置。看起來，距離剛才的得分似乎經過了一段時間。

（嗚哇，我到底發呆多久了啊……）

蒼太連忙翻動得分板，然後朝球場猛地一鞠躬。

「抱歉！A隊拿下一分，我確實計分了！」

「喂，這中間的時間差未免太長了吧！但天氣這麼熱，或許也沒辦法呢。」

和蒼太同班的三村將廣露齒燦笑說道。

「阿廣，你人真好！」

「不過，要是再這樣，你就得當打掃的值日生嘍～」

「咦咦咦！我……我會加油……」

看到蒼太皺起眉頭的虛弱反應，眾人哄堂大笑起來。

多虧同班同學的緩頰，原本尷尬的氣氛一掃而空。

蒼太鬆了一口氣之後，春輝對他投以犀利的視線，接著開口說道：

「……望太，如果真的沒辦法，要說出來喔。」

「可是，我想阿廣應該也是在說笑而已啦。」

「我不是在講打掃的事。我的意思是，如果你光站著就很吃力，還是去保健室吧。」

「喔……嗯……」

在春輝的氣勢壓迫下，蒼太的視線不禁在半空中游移起來。

雖然明白春輝是在關心自己，但在正虛弱的時候聽到春輝的「正確言論」，會讓蒼太

有種受到責備的錯覺。因為無論是他的語氣或眼神，都充滿著壓倒性的自信。

「春輝說得沒錯。要不然，我揹你過去吧？」

聽到優以揶揄的語氣笑著這麼問，春輝的眼神似乎也和緩了一些。

「……要揹他的時候說一聲。我要拍下來。」

「咦～？可是，你不是很講究構圖嗎？如果得不斷擺出你想拍的姿勢，我的體力會撐不下去啦。」

「噗哈！你……你們兩個會一起趴倒在地上嗎……」

或許是在想像之後覺得很搞笑吧，春輝終於露出一口白齒燦笑起來。

（不愧是優呢……）

他在一瞬間巧妙地改變話題，讓三人之間的氛圍變得輕鬆。

優很擅長觀察眼前的狀況。關於如何維持人與人之間的平衡，他也得心應手。在蒼太、春輝、夏樹和他這青梅竹馬四人組當中，優就像是緩衝墊一般的存在。

（可是，也不能因為這樣就老是依賴他。）

在深呼吸之後，蒼太抬起頭望向另兩名兒時玩伴。

「抱歉，讓你們擔心了。不過，我真的已經沒事嘍。」

儘管春輝和優露出欲言又止的表情，但蒼太裝作沒發現似地繼續說道：

「是因為我說裁判必須跑來跑去的，太吃力了，所以才被換來負責計分。既然這樣，就得好好做才行嘛。」

「……我知道了。既然你說自己沒事，我就相信你這句話嘍。」

「不過，真的覺得情況不妙的時候，一定要馬上說出來！」

蒼太對願意相信自己的兩人重重點頭，然後目送他們返回球場。

（啊，剛好有一陣涼風吹過來……）

「咦！所以妳不喜歡王子類型的嘍？」

夏樹的聲音隨風傳入耳中。

蒼太往人聲所在處望去，發現在網球場一角有說有笑的三人組。美櫻和燈里在練習揮拍，夏樹則是完全熱中於聊天內容。

（哇，是燈里美眉！她今天的笑容也好燦爛喔～）

直達腰際、光澤動人的一頭長髮，以及白皙透亮的膚色。她開朗的笑聲，還有總是閃閃發光的一雙杏眼，一直緊揪著蒼太的心不放。

不，不只是蒼太。

早坂燈里可說是櫻丘高中的校園偶像般的存在。

她似乎有點怕生，但從未對他人表現出冷淡的態度。

面對既是同班同學又同樣是美術社社員，而且感情也很要好的夏樹和美櫻時，燈里會露出宛如盛開的向日葵一般的笑容。儘管是個美少女，卻不會因此恃寵而驕，或許也是她受歡迎的理由之一吧。

而且，燈里還是繪畫比賽的常勝軍。

除了原本就具備藝術方面的天賦以外，或許也因為她擁有獨特的感性吧。雖然有時會被歸類成「怪怪美少女」的類型，但默默在遠方瞻仰她的笑容的男孩子，可說是絡繹不絕。

班。

（我跟她搭話的時候，則是目睹了羞澀的表情喔！）

那是約莫半個月前發生的事。為了把借來的字典還給夏樹，蒼太一大早便造訪了隔壁班。

在教室門口和燈里撞個正著的他，不禁差點停下腳步。

雖然沒什麼好驕傲的，但至今為止，蒼太從未直接和燈里交談過。光是想到自己的身影出現在她的視野裡頭，蒼太就腦中一片空白。

原本打算快步離開的他，不經意地瞄到了「那個」。

回神過來的時候，蒼太發現自己的嘴巴擅自動了起來——

「早安！妳的頭髮翹起來了喔。」

看到燈里吃驚地按住後腦杓的反應，蒼太捻起一撮自己的瀏海。

「這邊有一撮頭髮翹……翹翹的……」

說到最後幾個字時，蒼太的聲音幾乎消失在空氣之中。意識到自己的攀談對象的瞬間，他彷彿在演搞笑短劇似的，再也發不出半點聲音。

然而，事情沒有這樣就結束。有個更大的震撼彈等著他。

明白是哪裡的頭髮亂翹之後，燈里鬆了一口氣，表情也變得柔軟下來。

下一刻，她以纖細又修長的手指抵住唇瓣，然後輕聲表示：

「幫我保密喲。」

她害臊的表情和語氣，讓蒼太的身體瞬間宛如有電流竄過。

感覺好像有東西要從口中迸出來的他，匆匆忙忙地用手遮住嘴巴。紅通通的臉頰也跟著浮現笑意。蒼太不禁在口中叨念絕不能讓燈里本人聽到的感想。

（太詐了吧！這可愛的生物是何方神聖！是燈里美眉喔，燈里美眉～！）

直到現在，只要回想起當時的情景，心臟就會狂跳起來。

不過，在那之後，蒼太沒有和燈里再次面對面交談過。

這個難得出現的契機，沒能促成下一次的對話，讓蒼太又倒退回從遠處眺望燈里的狀態。

（可是，對我來說，自己的確往前邁進了一大步！）

蒼太抬起原本低垂的頭。綾瀨戀雪拚命追著球跑的身影映入他的眼中。

這名同班同學似乎不擅長運動，在體育課時，他也不是會積極參加比賽的類型。然而，最近倒是常看到戀雪在球場上奮力奔跑的模樣。

（加油啊，阿雪。你讓我莫名湧現勇氣呢。雖然是我單方面的感受啦。）

跟「燈里美眉」的情況相同。儘管和戀雪的交情沒有特別深厚，蒼太仍擅自在內心親暱地稱呼他為「阿雪」。雖說兩人是同班同學，但除了像這樣一起上體育課，或是打掃時間以外，蒼太和戀雪並沒有其他交流的機會。

戀雪戲劇性的大變身，就連蒼太都能一目了然。

大約在邁入七月時，戀雪的形象出現一百八十度的大轉變。他把乍看之下像個女孩子的髮型剪短，並捨棄眼鏡，改戴隱形眼鏡。

「啊，綾瀨同學，你剪頭髮了呀～」

在走廊上擦身而過時，燈里這樣笑著對戀雪說道。

蒼太還記得，當初自己剛好走在燈里後方，因而目擊到這一幕的時候，他不禁差點捏爛手中的牛奶紙盒。

確認燈里離開後，他一個箭步上前靠近戀雪。

「你剪頭髮了啊……對了，你們剛才在聊什麼？」

「咦？呃，你說我跟早坂同學嗎？她跟你一樣，問我是不是剪了頭髮……」

面對這個突如其來的質問，雖有些困惑，戀雪還是直直望著蒼太並回答了他的問題。

在那個當下，蒼太還沒能發現自己的大腦是因為嫉妒而沸騰。

然而，和剪短瀏海、揮別眼鏡的戀雪四目相接時，他不禁屏息。

過去，他們倆有像這樣好好對上視線交談過嗎？

（阿雪不僅是外表不同，連態度都完全改變了呢。）

在下課時間，夏樹有時會跟戀雪互借漫畫。以前，蒼太頂多只有這時會聽到戀雪開口說話的聲音。

儘管兩人是有說有笑地聊著共通的嗜好，但傳入耳中的多半都是夏樹的聲音，戀雪通常只會從旁附和。他的聲音很小，話也不多。

這就是蒼太對戀雪這個人的印象。

然而，在外表改變之後，戀雪不僅會主動跟他人打招呼，還會在上課時舉手回答或發問。幾乎可說是脫胎換骨了。

另外，他還被一部分的女學生視為偶像。每到社團時間，經常能看到隸屬於園藝社的戀雪被女孩子團團包圍。儘管本人明顯地表現出不知所措的反應，但對那些女孩子來說，這樣的戀雪似乎更可愛。

一開始，蒼太原本也覺得「到高三才改變形象，未免也太晚了。若說是為了暑假，又太早了一些」，並因此不解。

不過，他隨即察覺到戀雪改變的理由。

他喜歡夏樹，所以才想改變自己。

（……阿雪望向夏樹的眼神，絕對就是這麼一回事。）

對友人投以的親暱而溫柔的視線中，確實蘊含著一股熱度。

其實，蒼太覺得自己在注視燈里時，或許也露出了同樣的眼神。

（百人一首（註：指在一百名歌人中各挑選一首和歌作品的和歌集。以藤原定家的《小倉百人一首》最為知名）裡面好像也有這樣的詩歌嘛。就算本人再怎麼努力掩飾自己的心意，還是會在某個不經意的瞬間，從神色或表情洩漏出來。）

蒼太還知道，有一個人也會對他人投以這樣的視線。

夏樹想必是喜歡優吧。

蒼太認為優八成也對夏樹抱持著同樣的感情，但他們倆卻渾然不覺。兩人就這樣維持著不會太近也不會太遠，同時令人焦躁的青梅竹馬的關係。

至於春輝，他雖然常在放學後跟美櫻一起回去，這兩人似乎也並不是男女朋友。

蒼太曾若無其事地向春輝打聽這件事，但也只得到了「我跟那傢伙莫名合得來呢，真不可思議」這樣的答案。

（……燈里美眉她……好像都沒出現過這類的傳聞呢。）

在這所學校裡，向燈里告白然後壯烈成仁的男生不計其數。聽說還有對她提出「妳有喜歡的人嗎？」這種問題的勇者。

結果，燈里認真地沉思起來，然後微微偏過頭答道：

「這個嘛……我也說不上來呢。」

他望向身後的網球場。似乎還沒輪到燈里一行人上場比賽，她們三人仍在開心聊天。

乘著風傳送過來的，是關於推薦的漫畫內容。

或許是愈聊愈興奮了，夏樹不禁提高了音量。

「也就是說，在喜歡上某人之後，對方就會是妳中意的類型嗎，燈里？」

（……這……這這……這也太剛好了吧！）

幾乎想在內心膜拜夏樹的蒼太，連忙將所有注意力都集中在耳朵上。

停頓片刻後，燈里嘹亮的聲音格外清晰地傳來。

「應該……就是這麼一回事吧。」

（咦咦！喜歡上的人就是自己的菜，這不是最難攻略的類型嗎……！）

瞬間有種想抱頭慘叫的衝動，但蒼太臉上隨即浮現了苦笑。

自己明明沒有告白的勇氣，甚至連正面挑戰的擂台都不敢爬上去，在受到打擊的時候，卻比任何人都脆弱不堪。

（我真的很可笑呢……不過，我喜歡她的這份心意，絕對不是騙人的。）

不會厚臉皮地期盼燈里也能喜歡上自己。

只要她現在仍沒有喜歡的對象，那就足夠了。

想到這裡，蒼太不禁又垂下頭來。

他以「不敢奢望」當藉口，許下了十分差勁的願望。

這是絕不能被其他人聽到的願望。

（……我真的很沒有器量呢……）

拿自己跟他人做比較毫無意義。儘管內心明白這一點，但一想起戀雪的行動力，蒼太就無法阻止自己露出自嘲的笑。

嗶！嗶嗶～！

猛然響起的吹哨聲，彷彿是要阻止他繼續思考下去一般。

比賽的第一回合結束，眾人開始準備進行下一回合。在裁判的指示下，輪替上場的優和春輝換上球衣，然後並排站在足球場的中圈上。

「望太，快來啊！今天一定要讓優吃敗仗。」

「那是我要說的台詞才對。我可不會讓你踢進任何一球喔，春輝。」

面對已經開始打前哨戰的兩名兒時玩伴，蒼太用力揮手回應。

（……比起胡思亂想，還是來活動一下筋骨好了。）

蒼太硬是將意識切換過來，踏進被陽光曬得發燙的球場。

♥

分別以優和春輝為主力的兩隊，可說是勢均力敵。雙方都遲遲未能得分。上半場在沒有關鍵得分的情況下結束。接著馬上就要進入下半場。

（喔喔，又是傳球攔截！春輝今天狀況絕佳呢。）

擔任後衛而在後方負責防守的蒼太，以閃閃發亮的眼神凝望著隊友可靠的背影。

雖然負責迎擊的優表現出靈活的廣範圍動作，但面對攻勢經常出人意表的春輝，他很明顯地陷入苦戰。

「燈里，妳就保持這樣，不要動喔……！」

「小夏，妳好厲害啊～！」

燈里活潑的聲音傳入耳中。網球場那邊似乎也已經開始下一回合的比賽了。

跟她組成雙打隊伍的夏樹，充分發揮了優越的運動神經，巧妙地支援著燈里。而燈里也對這樣的夏樹信賴有加，沒有追究她的作戰計畫。兩人默契十足的動作，讓對手幾乎無力招架。

（燈里美眉好像不太擅長運動，但她還是打得很認真呢……）

這樣努力的身影實在太過炫目，讓蒼太不禁將自己的比賽拋諸腦後，一雙眼睛直盯著燈里瞧。

「望太！上面！上面啊！」

「喂～快點閃開～」

「……呃？閃開什麼？」

蒼太茫然意識到春輝和優的聲音時，下一秒，「那個」掉了下來。

「咕啊……！」

抬頭仰望的瞬間，蒼太被足球不偏不倚地直接命中臉部。

他鼻子感受到一陣衝擊，就這樣失去平衡跌坐在地。

除了眼冒金星的感覺以外，眼淚也擅自溢出。

（好糗……真的糗死了啦。）

周遭傳來其他人的爆笑聲，以及在一段距離外的網球場上的女孩子的聲音。

引起這樣的騷動，燈里八成也會知道發生了什麼事吧。

（看著喜歡的女孩子入神，結果被球砸到……）

他不求自己能成功射門，但至少也該攔截傳球，或是來一記漂亮的罰球……應該還有很多表現的好機會才對啊。

（我一定是遭到天罰了。因為我希望自己喜歡的人沒有喜歡的對象……）

感覺淚腺愈來愈不受控制的蒼太，用手遮住了自己的雙眼。

或許這些全都被優等人看在眼裡了吧。莫名開朗的聲音傳入蒼太耳中。

「別因為用臉接球就哭出來啦。」

answer 1
～答覆1～

儘管語氣聽起來有些粗魯，但蒼太很明白春輝真正的用意所在。他是藉此讓周遭認為「蒼太會哭出來，是因為被球砸到臉很痛」。

「就是說啊，你攔截得很漂亮喔！」

優也若無其事地出聲安慰，然後對蒼太伸出手。

在一瞬間的猶豫後，蒼太老實地握住那隻手。

「……謝謝。」

「別放在心上啦。不過，你意外的重耶。這樣一個人可能抬不動。」

（嗯？抬什麼？）

「……那就用扛的吧。」

（嗯？扛什麼？）

聽著優和春輝從上方傳來的對話，蒼太心中湧現不祥的預感。

雖然去確認也很恐怖，但要是任憑事態發展下去，不知他們會對自己做出什麼。

依據至今的經驗所發出的警告，蒼太戰戰兢兢地開口詢問：

「那個……你們一下說要抬、一下說要扛，是什麼意思啊？」

「「要把你運走啊。」」

兩人異口同聲地回答。同一瞬間，蒼太感覺自己的身體漂浮了起來。

春輝扛起他的上半身，優抬著他的雙腿，還一起發出「轟～」的效果音。

（這……這個姿勢！是我們小時候常玩的人體飛機嗎！）

雖然當時玩得不亦樂乎，但蒼太現在已經高三了。

在一旁看著三人動作的同班同學再次放聲大笑。

「不妙啊，望太號要被搬走嘍。」

「我下次也想這樣玩耶。」

聽到男同學們的交談聲，望太不禁咬住下唇。

（咕……這種引人注目的方式太糟糕啦……）

他坐立不安地移開視線，發現剛才擊中自己臉的那顆足球滾到網球場上去了。

某人伸出纖細而修長的手指，將終於停止旋轉的足球拾起。

answer 1
～答覆1～

（燈……燈里美眉——？）

在這樣的距離下，兩人不可能四目相接。

儘管內心很明白，但蒼太仍反射性地移開自己的視線。

要是瞥見燈里露出一臉無言的表情，他可能會再也振作不起來。

「……好羨慕那顆足球喔……」

蒼太不禁道出自己的真心話。

這句依依不捨的低語，還來不及傳入任何人耳中，就被優和春輝的腳步聲掩蓋過去。

為這樣的事實感到放心的蒼太，胸口同時也湧現一股鬱悶的情緒。

（我真的有夠遜……）

下午或許會變天吧。仰望天空，可以看到積雨雲開始聚集。

蔚藍和潔白所形成的鮮明對比，讓蒼太莫名喘不過氣。

erizawa
answer 2
~答覆2~

Haruki S
芹澤春輝
生日／4月5日
牡羊座
血型／A型
蒼太的兒時玩伴。
隸屬於電影研究社。
具備導演的才能，
看起來冷靜，
其實有滿腔熱血。

answer 2 ～答覆2～

週末結束後，全國各地都毫不留情標記著晴天符號的星期一到來。

櫻丘高中同樣也受到了酷暑的影響。沒有安裝空調的教室就好比蒸籠一般。

（不行，大腦無法吸收半個字啊……）

蒼太停止閱讀手邊的字句，整個人趴倒在溫熱的桌面上。

因為借閱期限快到了，他原本想趁午休時間來社團教室看完這本書。但再這樣下去，恐怕只會讓書頁被自己的汗水弄濕而已。

儘管如此，蒼太還是毫不猶豫地來到這間教室。因為這裡是他們的「城堡」。

這間教室位於校舍最上層的盡頭，原本當成倉庫使用。成為電影研究社的社團教室，是高一那年秋天發生的事。

當時，春輝偷偷在網路上公開的小短片，讓蒼太著迷不已。為了讓他繼續拍攝新作，蒼太和優成立了電影同好會。

隔年，在同樣被那支小短片打動的新生加入同好會之後，學校核准他們晉升為正式社團。隨後，春輝的作品多次獲獎，學校也答應撥一筆為數不少的社團經費，電影研究社因此迅速壯大起來。

最近，春輝說他把自己拍的電影拿去參加某個比賽。不久之後，社團教室的陳列架上，想必又會多出新的獎盃和獎狀吧。

春輝拍電影的才能就是如此優秀。

（……而我的腳本，到底能夠過關斬將到什麼地步呢？）

蒼太望向桌上零散的紙張，用這個已經自問過好幾次的問題再次質問自己。

這個提問的對象是比賽和評審委員。為此，蒼太必須先把作品完成才行。雖然這點自己也心知肚明，但他就是遲遲無法進展到最後的部分。

一開始，他只是想看春輝的新作。

為了打造能實現這個願望的環境，他成立了電影研究社。為了讓春輝拍攝出自己理想中的作品，他以「協助者」的立場加入這個社團。

高二那年冬天，當三人決定合力拍攝一部電影做為畢業紀念時，狀況出現了變化。

他們三個對於電影的愛好各有不同，所以光是決定拍攝主題便困難重重。最後，會決定拍攝蒼太所提議的愛情片，是出自春輝關鍵性的一句話。

「畢竟從沒拍過，就試一次看看吧。」

那時，偏愛好萊塢強檔和喜劇片的優原本似乎不太贊成，但在春輝的滿腔熱血下，他最後也點頭了。

實際邁入製作階段後，春輝和蒼太的意見衝突開始增加。

偏好獨立電影這種非大眾走向的作品的春輝，很排斥藉由台詞來說明劇情的做法。他的信條據說是「用畫面來說故事」。

相較之下，蒼太則是每種類型的電影都會看，尤以愛情片來者不拒。對於自己喜歡的作品，他甚至會把腳本或ＤＶＤ一併買起來收藏。

answer 2
～答覆2～

西。

但蒼太一直是抱著「影迷」的心情在看電影，沒想過自己會有拍電影的信條這種東西。

然而，在屢次和春輝意見相左之後，蒼太察覺到了自己的想法。

他喜歡愛情片，是因為電影會以細膩的手法描寫「無法言喻的心情」。

會購買腳本，是因為自己也想寫寫看。

基於這些理由，兩人對最後一幕的意見分歧時，他十分堅持自己的意見。

「用台詞說明感覺很鄙俗耶。」

「這個我知道啦。可是，我覺得最重要的感情必須用言語表達出來，才能呈現出收尾的感覺。」

聽到蒼太的反駁，春輝用力搔搔頭說道：

「就是因為沒說出喜歡或愛之類的字眼，才更能打動人心啊。」

「或許有這樣的拍攝手法沒錯，但我覺得這次要用台詞表現出來比較好。就像一封寫給對方的信，讓他的話語留在女主角的身邊。」

兩人都互不退讓。甚至讓優在事後苦笑表示「我當時膽戰心驚呢」。
在漫長的溝通協調之後，春輝終於接受了蒼太的提案。
他露出爽快的笑容表示「我的確太輕忽語言的力量了呢」。

（能像那樣坦率接受他人的意見，更讓人覺得春輝有導演的氣度呢。）
蒼太的提議同樣是發自內心，但到了後半，他多少摻雜了不服輸的情緒在內。
然而，打從一開始到最後，春輝都沒有拘泥於「自己的意見」。
一心只為了拍出好作品而行動的他，壓根不在意最後採用的是誰的意見。所以，春輝不會執拗地堅持己見，聽到自己覺得不錯的提議，也會大方表示贊成，並毫不吝嗇地予以稱讚。

春輝想必很確定自己追求的是什麼東西。
同時，他也擁有無法撼動的自信。
就算採納了他人的意見，在拍攝自己的電影時，他仍有不變的核心理念。

（我最欠缺的大概就是這個了吧。）

正因為那並非一朝一夕就能獲得的東西，所以，將其化為自身所有時，也會變成自己的信心來源。

或許，必須等到自己邁入這樣的階段，蒼太才能夠抬頭挺胸地站在燈里面前。

放學後，電影研究社預定要和美術社開會。

他們委託夏樹等人描繪電影會用到的一幅畫。今天這場會議，是為了決定要請三人之中的誰負責作畫。雖然還必須事先跟校方申請許可就是了。

（……這是個好機會。這時候，更應該秉持「戀愛這種東西就像鯊魚，如果不持續前進，可是會死掉的」一般的精神啊。）

蒼太回想著曾幾何時觀看的某部電影裡頭的經典台詞，督促自己鼓起幹勁。

他決定不要再只是默默地羨慕別人了。

班會結束後，蒼太等人隨即動身前往約好碰面的美術準備室。

在身為美術社顧問的松川老師做出「審判」之前，其實他們大可留在社團教室裡，但這樣反而更令人坐立不安，所以三人還是選擇一起到走廊上等待。

（……什麼時候才會知道結果呢？）

三人無聲忍耐著內心不斷湧現的焦躁。

從敞開的窗戶傳進來的，不是涼爽的徐風，而是夏蟬的大合唱。

「啊，是飛機雲。」

幾分鐘過後，眺望著窗外景色的春輝開口了。

蒼太也用手遮掩陽光，仰望令人睜不開眼的晴空。

「因為今天的天空很藍，看起來很清晰呢。」

「對吧？就好像用白色顏料在空中劃過一條線。」

雖然春輝朝身旁的優投以謀求同意的視線，但後者卻一副心不在焉的模樣。

儘管同樣望向窗外，但占據著優的腦袋的，似乎不是眼前的景色，而是其他事物。他沒有察覺到春輝和蒼太的視線，只是略為無精打采地嘆了一口氣。

（話說回來，我記得夏樹好像也是從一大早就這副德性……）

這兩人是鄰居，也經常造訪彼此的房間。

根據優的說法，在升上高中之後，到了週末假日，他們仍會選一天一起念書或打電動。或許是那時發生了什麼事。

（一定是不適合讓局外人隨便探究的問題吧。）

蒼太朝春輝瞄了一眼，發現對方同樣看向自己。

兩人四目相接之後，春輝看似一臉無奈地輕輕聳肩。

蒼太則是回以苦笑，然後再次望向窗外。

片刻後，走廊上傳來嗡嗡嗡的震動聲。

「啊，夏樹傳簡訊過來了。」

聽到優的這句話，春輝和蒼太像是觸電般轉過頭來。

面對屏息等待結果的兩人，優隨即擺出了勝利姿勢。

「……好耶！她說松川老師同意了。」

「真的假的！太棒啦。」

「這樣一來，就能正大光明地請她們協助作畫嘍。」

鬆了一口氣的蒼太輕撫胸口，春輝和優也帶著放下心中大石的表情點點頭。

能得到美術社顧問的正式許可，就代表作畫的場地也有著落了。

最重要的是，他們不必瞞著學校偷偷摸摸進行這個企畫。

（因為櫻丘高中（我們學校）的美術社一直都是相關比賽的常勝軍嘛。）

尤其是燈里和美櫻，兩人以「幾乎每參賽必得獎」的表現聞名。

雖說春輝也拿過獎，但電影研究社的歷史畢竟比較短。而且，繪製電影用的畫作一事，和提昇燈里等人的個人評價並沒有直接的關連性。春輝等人原本認為，校方恐怕不會輕易批准她們把時間花在這樣的活動上。

（可是，學校還是允許了呢。松川老師真是太善良了～）

夏樹等人應該也有開口掛保證，表示自己能夠兼顧這項企畫和美術社本身的活動吧。

蒼太感覺自己慢慢進入必須正式挑戰拍電影的狀況，於是不自覺地挺直背脊。

春輝等人似乎也有著同樣的心情吧。他們雙雙露出認真不已的神情。

「電影果然不是能夠獨力完成的東西呢。」

聽到優感慨萬千的低語，春輝也正經八百地點頭同意。

「除了觀眾以外，還有像這樣願意協助我們的人存在。我不會說自己是為了這些人而拍電影，但至少，我希望能透過膠卷回報些什麼給他們。」

春輝的語氣十分溫和，沒有半點想強出頭的感覺。

他充分表現出自己的真心想法，而不是裝模作樣的表面話。

（……好想知道春輝的腦袋構造喔。）

在蒼太因為內心深深受到震撼而呆立在原地時，身旁的春輝突然屏息。

他像是突然發現什麼似地皺起眉頭，表情也變得嚴肅無比。

隨後，春輝面向不禁跟著緊張起來的優和蒼太，以低沉的嗓音開口：

「是說，今天真的熱到不行耶！」

「……啊？」

語畢，春輝馬上打開揹在肩上的書包，在裡頭翻找起來。

優也在一瞬間錯失了出聲回話的機會，只能愣在原地看著他的一舉一動。

春輝從書包裡頭掏出來的，是他今天一直在炫耀的小型電風扇。據說賣點在於不需要插電，也不用和電腦連接。他隨即啟動電風扇的開關。

（這應該是那個吧……春輝用來掩飾害羞的老方法？）

第一次得獎的時候，春輝也只是輕描淡寫地表示「拍電影是我的興趣之一」。

儘管這個興趣能讓他熱中到廢寢忘食。

春輝這個男人，認為讓「背後的努力」曝光很遜，所以不喜歡讓別人窺見自己孜孜不

倦的樣子。真要說的話，認為他很「努力」的也只有周遭的人。對春輝本人來說，這或許只是「理所當然的事情」罷了。

「……實在是……未免也太帥了吧……」

蒼太不自覺洩漏出來的心聲，似乎也傳入了本人耳裡。

春輝瞬間露出困惑的神色，但下一刻，他馬上雙眼發亮地回以「喔！」的附和，然後得意地舉起手中的電風扇。不知道他是怎麼解讀蒼太的這句話。

「很帥吧？我稍微加工過了呢，顏色也是我塗上去的。」

「咦，這不是原本就紅色的喔？」

蒼太坦率地表現出驚訝的反應，優則是喃喃問道：

「……難道你是想讓扇葉用三倍速旋轉？」

蒼太不禁苦笑。雖然他也知道這個哏源自哪一部動畫，但應該不至於這麼老套吧。

然而，春輝卻以幾乎要用鼻子哼起歌來的態度這麼回答：

「正確答案！」

answer 2

～答覆2～

「「白痴啊～」」

看到蒼太和優同時笑出來的反應，春輝有些不服氣地雙手扠腰表示：

「這時候，你們應該大力稱讚我的做工很精細之類的吧？」

「精細過頭了啦！你竟然還替這麼細小的零件上色喔～」

優哈哈大笑起來，春輝和蒼太也跟著笑出聲。

笑鬧到一個階段後，空中走廊那端傳來一陣腳步聲。

三人轉頭，看到朝他們揮手的夏樹的身影。

「久等嘍。」

「嗨。不好意思喔，占用妳們比賽前忙碌的寶貴時間。」

「既然你這麼想，至少也請我們喝果汁吧？」

春輝和夏樹的感覺還是老樣子，但今天燈里和美櫻也在場。

對於跟三人原本就是青梅竹馬的夏樹，或許不需表現得太過客套，但燈里和美櫻的情況不一樣。考慮到這兩人特地為了電影研究社騰出時間，向她們表達感謝也是理所當然。

「啊，說得也對喔。抱歉，我們太不貼心了……！」

正當蒼太打算趕去自動販賣機買飲料時，春輝懶洋洋地揮手制止他。

「望太，你人太好了吧～沒關係啦，夏樹的任性要求聽聽就好。」

「對啊，望太真的很溫柔耶～不過這種事交給春輝負責就行嘍。」

在夏樹分毫不差地反擊春輝後，優刻意輕咳了幾聲，然後淡淡說道：

「春輝、夏樹，你們也差不多一點啦。合田跟早坂都愣住了呢。」

聽到優這麼說，夏樹轉頭一看，發現來得比較遲的美櫻和燈里杵在原地。

夏樹跟春輝除了是青梅竹馬以外，更是所謂損友般意氣相投的關係。在窺探加入對話的時機之前，她們恐怕就已經被兩人這種你來我往的氣勢給震懾住了吧。

（……不過，燈里美眉愣住的表情也好可愛喔～）

雖然明白現在不是做這種事的時候，蒼太還是忍不住一直盯著燈里瞧。

她的一舉一動都讓自己心跳加速，臉頰感覺也愈來愈滾燙。

一瞬間，蒼太似乎感覺到了來自他人的視線，但他的意識隨即又被夏樹慌張的聲音拉了回來。

「對……對不起！讓妳們兩個站在這邊等。」

夏樹連忙打開美術準備室的大門，招呼燈里和美櫻入內。

在優接著踏進準備室的同時，春輝像是想起什麼似地輕輕「啊」了一聲。

「在閒聊之後，我真的渴了呢。望太，我們走吧。」

轉過身的春輝用手朝自己的臉頰搧風。

看到他的舉動，蒼太隨即明白剛才感覺到的視線，正是來自春輝。

（他大概是看到我明顯滿臉通紅，所以有點擔心吧……）

蒼太對燈里的心意，早已被春輝和優徹底看透。連打哈哈帶過的功夫都不需要。

這時候，或許還是老實接受春輝的好意，然後重新振作精神比較好。

「說……說得……也是！」

（嗚哇啊，我的聲音還破音了啦啊啊啊！）

這樣一來，自己緊張不已的反應恐怕是顯而易見了。

蒼太戰戰兢兢地望向燈里一行人，發現她們臉上都帶著驚訝的表情。

再也無法繼續待在原地的他，像是逃跑般地衝了出去。

「啊！喂，等一下啦。」

「……就是這樣嘍。那我們幾個先進教室吧。」

聽到春輝從後方趕過來的腳步聲，以及優負責收場的發言之後，蒼太鬆了一口氣。

不過，他隨即又被懊悔的情緒給淹沒。

（唉唉～我又依賴別人了……）

他很明白在胸口不斷打轉的這種情感是什麼。

是對於沒出息的自己的不甘。

「……嗚嗚，我才不會輸呢！」

「輸給誰？」

不知何時並肩走在自己身旁的春輝問道。

跑過來的他沒有氣喘吁吁，仍是一如往常那種捉摸不定的樣子。

（在這種時候，春輝反而不會說出「別讓我跟著你跑啦」之類的話呢。也不會調侃我剛才的自言自語……）

「喂～你有在聽我說話嗎？」

「啊，嗯！呃……我是想說不要輸給自己。」

聽到蒼太的回答，春輝靈活地抬起單邊眉毛問道：

「我說你啊，又在想一些複雜的事情了嗎？」

「咦，會嗎？『不想輸給自己』這種想法，應該很常見才對啊？」

「雖然很常見，但也不一定就是單純或簡單的事情啊。應該說，愈是每個人身上都可能發生的事，就愈是棘手呢。」

無法理解春輝想要表達的意思，讓蒼太不知不覺地放慢腳步。

走在他身旁的春輝踏著緩慢的步伐，以同樣輕鬆的語氣繼續說道：

「一般來說，愈多人經歷過的事情，就有愈多解決或迴避的方法可以參考吧？可是，不慎落入陷阱的人依舊沒有減少。由此可知，這些問題就是如此麻煩而複雜。」

「……噢，原來如此……」

總覺得這似乎是相當重要的一個提示。

蒼太在腦中細細地反芻這番話的時候，春輝拍了拍他的肩頭。

「所以啊，我覺得你不要想太多啦～像所謂的衝動行事那樣，任憑感情領導自己往前，不也是一種做法嗎？」

這時，蒼太的腦裡浮現一句相當著名的台詞。

那是和春輝的形象完全吻合，同時又是蒼太覺得自己欠缺的某種要素。

「……不要用想的，而是跟著感覺走？」

「沒錯沒錯，就是這樣！」

春輝露齒燦笑，然後用力拍了拍蒼太的背。

這樣的反應讓蒼太莫名開心，於是他也同樣用力拍打春輝的背。

「好痛！望太，你也拍小力一點吧。」

「那是我要說的話才對！」

answer 2
～答覆2～

兩人捧著寶特瓶回到準備室時，優已經結束了對夏樹等人的大致說明。

「不過，因為拍攝觀點最明確的，還是身為導演的春輝，所以嘍～」

在優的催促下，春輝喃喃唸了一句「這不適合我啊」，但還是開口說：

「原本對戀愛一無所知的女主角，在和男主角相遇之後，畫作開始出現變化——這是我的劇情設定。我希望能透過這幅畫，將她纖細而平淡的心境變化傳達給觀眾。」

開始說明的他，語氣不帶一絲遲疑。

春輝毫不迷惘的態度，十足就是一名「導演」的架勢。

夏樹等人彷彿被他的氣勢壓倒一般，只能在原地愣愣地眨眼，然後面面相覷。燈里和美櫻同樣啞口無言，甚至忘了開口回應些什麼。

察覺到氣氛變得略為緊張，優望向夏樹一行人，想說些什麼來緩和。

這時，春輝突然又丟出一個問題。

「嗳，妳們覺得戀愛是什麼顏色？」

（來啦，變化球出現啦！）

不禁在內心放聲慘叫的蒼太，感覺自己好像要昏厥過去。

竟然在這麼關鍵的時刻說出沒頭沒腦的發言。他實在無法理解春輝腦中的思考回路。

雖然事後通常能明白春輝這些發言都有他的理由，但因為完全沒有脈絡可循，所以大家幾乎都跟不上他的思考。

「呃？你說顏色……」

最先有所反應的，是三個女孩當中最習慣這種狀況的夏樹。

然而，夏樹似乎也無法解讀春輝提出這個問題的目的。她的回應和眼神，都像是在打探春輝的用意。

儘管如此，春輝仍只是直直地回望著她。

answer 2

～答覆2～

（這樣的話，在聽到答案之前，春輝恐怕會不發一語呢……）

蒼太不禁有些忐忑。而夏樹也跟他同樣察覺到春輝的認真模式了。

「……粉紅色之類的？」

聽到夏樹回答了自己的問題，春輝用力點點頭。

而夏樹率先開口的行動似乎也推了美櫻一把。後者有些怯懦地開口表示：

「因為也會有苦澀或揪心的感覺，我應該也會用上黑色或藍色。」

春輝深感興趣地點點頭，然後望向最後的參與者燈里。

「早坂，那妳呢？」

「我覺得……應該是金色……吧。」

聽到燈里這個衝擊性的答案，讓蒼太瞬間忘了呼吸。

坐在一旁的優輕輕「呃？」了一聲，將他的意識拉回現實。

蒼太望向夏樹和美櫻，她們倆也愣在原地，不知該作何反應。

只有春輝露出閃閃發光的眼神，用雙手撐在桌面上，然後探出身子追問：

「妳為什麼會這麼覺得？」

「雖然它閃閃發光，很漂亮，但如果棄之不顧，感覺就會生鏽。另外，光芒要是過於強烈，就會因為太刺眼而令人無法直視——我覺得這一點也很像。」

會生鏽的應該不是金而是銀，再說，這兩種東西應該都不容易氧化才對。

發現自己差點開口吐嘈的瞬間，蒼太連忙咬住下唇。

畢竟這麼做很失禮，更重要的是，他瞥見了春輝的表情。

那是個打從內心綻放出笑容的表情。

「……哦，沒想到會有人跟我的想法一樣呢。」

聽來是大局已定了。

春輝十之八九會委託燈里作畫吧。

雖然優的直覺也如此判斷，但他還是中規中矩地按照順序進行下去。

「大致上的感覺是這樣……姑且讓我們看一下妳們的作品吧？」

（唉唉，居然說「姑且」……）

蒼太敏銳地捕捉到優透露出內心動搖的用詞。

表情瞬間凍結的夏樹似乎也察覺到這一點了。但她並沒有出聲責備優，只是用格外開朗的語氣回應道：

「我們多拿幾種不同類型的作品過來好了。諸如油畫跟素描之類的。」

美櫻和燈里也點了點頭，於是三人一起走向隔壁的美術教室。

（春輝大概不會覺得這樣的狀況尷尬吧～）

在等待夏樹一行人時，春輝仍是一副興致勃勃的模樣，雙眼透出燦爛的光輝。

另一方面，優則是露出五味雜陳的表情，他現在的心境或許和蒼太相似吧。

（就是啊，現在突然徹底感受到了嘛……）

他們只是純粹想挑選「願意幫忙作畫的人」，但實際上，這也是「只能從三人之中選出一人」的狀況。

春輝已習慣將自己的作品提交給他人審查，所以，或許也不會排斥評價別人的作品。如果自己是提交作品的人倒還可以忍受，但擔任評審的話，就讓蒼太覺得相當沉重。

（夏樹她們不要緊嗎？我們隨隨便便就這樣委託……）

身為美術社成員，她們三人應該都已經有過參賽的經驗。然而，在這種面對面，而且還是三名參與者都在場的情況下接受作品審查，恐怕是第一次吧。

畢竟這只是協助其他社團的活動，評審都是自己認識的人，也不存在得獎與否的問題。儘管如此，必須從三人之中挑選出一人，還是很有可能讓她們內心產生芥蒂。

（該怎麼辦才好啊？如果現在突然喊卡，她們也會覺得很奇怪吧……）

想不到解決方法，但已經察覺到這一點的蒼太，猶豫著是否該任憑事態發展下去。

正當他打算至少要跟優等人討論而從椅子上起身時，準備室的大門被人打開。

「久等嘍。我們要把作品擺在桌上，能請你們先到旁邊去嗎？」

「我知道了。需要幫忙的時候，就說一聲吧。」

反射性地這麼回應夏樹之後，蒼太不禁「啊」了一聲而屏息。

不過，為時已晚。他只能在一旁眺望夏樹三人俐落地做準備的身影，然後和優等人同樣乖乖退到牆邊等待。

三人的作品在作業用的大型木工桌上一字排開後，看起來相當有魄力。

（我不會畫畫，也不懂作畫技巧什麼的。可是……）

最先吸引蒼太的目光的，是擺放位置比較靠近他的一張鮮豔水彩畫。

選修音樂課的他，沒什麼機會接觸夏樹等人的作品。頂多只有因為畫作獲獎而在校內公開展示，或是遇上文化祭的作品展時，才能夠親眼目睹。

（儘管如此，還是能看出哪張作品是誰畫的呢。真是不可思議～）

「一號榎本夏樹，要上場嘍～！」

在瀰漫著緊張氛圍的教室裡，夏樹自告奮勇地率先接受審查。

一如蒼太的判斷，她指向那張鮮豔的水彩畫，表示是自己的作品。

「夏樹畫的人物，總有著活靈活現的表情，我很喜歡這種感覺呢。」

第一個發表感言的人，出乎意料的是春輝。

聽到評價的夏樹愣愣張開嘴，看起來無法再做出其他反應。

看著她令人會心一笑的模樣，蒼太接著表示：

「另外，用色也很棒呢。」

「對啊。構圖也不錯，感覺是完成度很高的作品。」

儘管嘴上說著聽起來相當客觀的意見，但優臉上的表情，看起來就像自己被稱讚那麼開心。

（真好懂耶。偏偏最關鍵的對象察覺不到……）

蒼太帶著苦笑再次望向夏樹，結果後者以有些尖銳的嗓音說道：

「好……好厲害喔！你們敘述感想的樣子，真的很像專業的評論家耶！」

看似無法率直接受這些稱讚的她，表現出一副坐立不安的模樣。

雖然很開心，但又覺得困擾！

夏樹內心的聲音，彷彿正從她的全身上下洩漏出來，讓蒼太不禁噴笑。

看到優和春輝也跟著大笑出聲，夏樹的臉變得更紅了。

這時，春輝突然對杵在原地的她伸出手。

「妳就坦率地接受稱讚吧。這種機會可不多喔～」

說著，他有些粗魯地搓揉起夏樹的頭髮。後者「哇！」地喊了一聲，然後彷彿石化狀態解除似地跟著笑鬧起來。

「咦咦～？平常也可以多稱讚我一點啊～！」

（啊，是平常的夏樹呢。）

蒼太湧現一半放心，一半佩服夏樹能巧妙回嘴的感想，然後再次笑到停不下來。他們的笑聲愈來愈響亮，連美櫻和燈里都跟著笑出聲。

原本充斥於這間教室裡的緊張氛圍，一下子緩和許多。

「……曬恩愛的行為就到此為止吧。」

優低沉的嗓音落在這片祥和的空氣之中。

宛如不慎將顏料潑灑在襯衫上，困惑逐漸在眾人之間擴散開來。

「咦？」

夏樹看起來沒能了解這句話的意思，完全僵在原地。

而另一名當事人春輝，則是明顯地皺起眉頭，露出「糟了」的表情。他或許已經理解到優這一刻的感受了吧。

面對突如其來的尷尬沉默，燈里和美櫻在一旁露出困惑的神色。

（這種時候，我得做些什麼才行……！）

雖說春輝對夏樹僅是青梅竹馬的情誼，但讓美櫻誤會的可能性也並非完全為零。

倘若演變成這種局面，她跟春輝的關係就會變得更複雜難解。

「那……那麼，接下來換合田同學吧。」

蒼太硬是將尷尬的氣氛和話題一起代換掉。

他眺望著擺在夏樹作品旁邊的美櫻的畫作，道出「筆觸很細緻呢」的感想。於是，優

answer 2
~答覆2~

和春輝也跟著細細觀察起作品。準備室裡再次湧現獨特的緊張感。

然而，令人鬆一口氣的時間並沒有維持太久。這次換春輝道出讓現場氣氛為之凍結的發言。

「該怎麼說呢~表情好像很僵硬？」

完全不同於剛才對夏樹的正面評價，春輝對美櫻的作品發表的感言十分辛辣。

聽到他毫不客氣的批評，除了蒼太以外，就連優都不禁瞪大雙眼。

「要說的話，應該是人物看起來都很有霸氣吧？」

「啊，這邊有風景畫。」

儘管兩人試圖打圓場，但春輝仍不斷道出尖銳的感想。

「雖然作畫技術很棒……不過，總覺得有種『範本』的感覺呢。」

這是一如春輝作風的率直感想。

蒼太很清楚他這種直來直往的個性，然而實際表現出來便又是另外一回事了。不僅會讓他人有種跌入冰窖的感覺，再加上春輝本人毫無惡意，所以反而更令人難受。

（這樣感覺不太妙耶……）

站在美櫻身旁的夏樹和燈里，同樣用擔心的眼神望向垂下頭的她。

至於優，他雖然沒有直接出聲指責春輝，但也露出了不悅的眼神瞪視春輝。

（還有女孩子在場，他們應該不至於起爭執吧……？）

在蒼太不安地交互望向兩人的時候，春輝已經將視線移往燈里的作品上。

不同於審視夏樹和美櫻的作品時的態度，他這次一語不發地觀察著。

其他在場成員察覺到這點之後，也和春輝望向同一幅畫作。

（這是燈里美眉第一次得獎的作品耶！）

瞥見擺在桌面一角的那幅油畫時，蒼太的心臟重重跳了一下。

因為這幅畫長期以來都被拿去各校或展覽會上展出，所以，蒼太已經很久沒有像這樣親眼目睹到了。

一如〈那天的櫻花〉這樣的標題，畫中描繪的是盛開的櫻花。

即使沐浴在炫目的陽光下，彷彿依舊散發出令人不捨的清香——正好是兩年前，蒼太

answer 2
～答覆2～

對這幅畫一見鍾情。

那時的他仍是回家社的成員，只是順其自然地進入高中，過著順其自然的每一天。

沒有打工，也沒有上補習班。放學回到家之後，就只是獨自觀賞喜歡的電影。這樣日復一日的生活，沒有大風大浪，但也因此平淡無奇。

（可是，我和這幅畫相遇了。）

即將迎接暑假的七月。某天的放學後。

為了返回教室拿忘在抽屜裡的作業，蒼太從美術教室外面的走廊經過。

鮮紅色的緞帶和「恭喜入選佳作」的文字，同時映入視野的一角。

在全校集會的表揚典禮上，蒼太得知某個跟自己同樣是高一的學生獲獎了。那或許就是得獎的作品吧。他這麼想著，不經意地抬頭望向畫布，然後因感動而止住呼吸。

（看到燈里美眉的畫作之後，讓我對她一見鍾情了呢。）

一見鍾情的瞬間是在開學典禮那天。

自從被燈里的笑容緊緊套牢之後，蒼太就一直無法將視線從她的身上移開。

不過，他完全無法主動找燈里攀談。開學典禮結束後，看到夏樹大喊「我發現可愛的女孩子了～！」而衝向燈里時，他也只是默默目送夏樹的背影離開。

而且，燈里並非只有外表可愛而已。

當時，看到畫框下方那個寫著「早坂燈里」的名牌，蒼太不禁為燈里和春輝的相似度感嘆起來。看來，上天還是會同時賦予某些人一種以上的才能。

（在我看來，這兩人簡直是天邊的星星啊……）

燈里和春輝本人就不用說了，他們所創造出來的東西，可比在夜空中閃爍的繁星。而蒼太總是只有抬頭仰望的份。

「真不錯。」

春輝的喃喃聲將蒼太拉回現實。

片刻後，不出所料，最後決定委託燈里繪製電影要用的畫作。

這不是投票的結果，而是春輝導演的個人意見。

answer 2
～答覆2～

至於被指名的燈里，現在則是怕生模式全開的狀態。她躲在夏樹背後怯生生探出頭的模樣，讓蒼太浮現了「絕對要好好保護她」的謎樣使命感。

「那個，芹澤同學……」

（嗚啊啊啊！燈里美眉！糟糕，太可愛了啦！）

燈里惹人憐愛的嗓音，讓蒼太內心的指針瞬間爆表。

而這個計量器，想必代表著「理性」或是「做為人類不可欠缺的要素」吧。

（如果她開口呼喚的人是我，就更讓人開心了呢……不，不可以奢求這種事情。光是能在這麼近的距離之下目睹這番光景，就已經夠幸運了。）

在蒼太按捺著激動的心情靜待燈里的發言時，後者像是下定決心似地朝前方踏出一步。

「可以多告訴我一些電影的細節嗎？不然我無法融入女主角的心情，也會因為靈感大神不願意降臨，而不知該如何下筆。」

「靈感大神啊……連這種地方都一樣嗎？」

雖然這句話沒有主詞，但春輝臉上的笑容可說是道盡了一切。他正因找到了擁有相同感受和共鳴的同伴而開心不已。

（……果然星星也會互相吸引呢。）

將兩人之間萌生的感情判斷為戀愛情愫，或許太牽強了一點。

然而，因為這樣的可能性不失為零，所以同樣令人不安。

（不過，就算真的變成那樣，我也無可奈何吧。）

輕輕嘆了一口氣之後，一道不屬於自己的嘆氣聲也傳入蒼太耳中。

為了不讓其他在場成員發現，他僅以視線尋找聲音的主人。

（噢……合田同學果然也很在意呢。）

在偏短的瀏海下方不安地晃動的雙眸，映出了兩名「友人」的身影。

其中一人是自己的暗戀對象，另一人則是可能成為情敵的存在。無人能一口咬定這天必定會到來，但在下一秒就實現的可能性也不完全為零。

人的感情充斥著不確定的要素，明知是無法實現的願望，仍會忍不住乞求美夢成真。

（如果能獨占妳就好了……）

名為討論會的評選會，約莫持續了一個小時。

（感覺好像很長，又好像很短……）

蒼太唯一能確定的，就是從各方面而言，這段時間都很「充實」。

委託作畫一事已經告一段落，但他們還有堆積如山的問題要解決。

（優也辛苦了呢。）

回到社團教室後，身為社長的優隨即開始調整劇本和拍攝工作的排程。為了統整拍攝計畫，他不斷交互望向智慧型手機螢幕和排程表，代替總是只掌握大致狀況的春輝導演確認細節。

「那麼，暑假再來追加攝影……啊，夏樹傳簡訊過來了。」

優拿起手機，讓春輝看清楚畫面上的內容。後者「嗯」了一聲，然後蹙眉問道：

「還要辦下一場討論會嗎？我們已經向早坂說明過電影所追求的感覺了，應該沒必要再特地跟她碰面吧？接下來，只要讓她放手去創作就好了。」

雖然聽起來似乎有些不負責任，但春輝一向不會限制他人的行動，所以這也很符合他的作風。

相當了解這一點的優，也爽快地點頭回應他。

「我知道了。我會讓夏樹轉告她。」

「拜託你嘍。」

語畢，春輝從座位上起身。蒼太不禁開口表示：

「今天合田同學沒有來接你耶。」

「……啥？」

春輝的反應有著明顯的不耐。

禍從口出的蒼太是理所當然，連一旁的優也瞬間臉色發白。

「呃……因為下雨了嘛。如果合田同學沒有來接你，我想你或許還是早點回家比較好。雲層看起來很厚，感覺雨會愈下愈大呢。」

聽到蒼太慌慌張張的辯解，春輝的表情才緩和了一些。

「她現在都還沒傳簡訊過來，所以今天應該是跟夏樹她們回去了吧。」

「……這樣啊，嗯。」

凝視著手機螢幕的春輝露出有些落寞的眼神，讓蒼太將繼續說下去的念頭吞回肚子裡。

（我真蠢。明明無法窺見別人內心的想法……）

剛才，雖然春輝什麼都沒有說，但並不代表他不在意討論會的事情。他是否認為自己傷害了美櫻呢？

不過，既然如此，又為何要用那種說法？

如果覺得自己傷害到她，現在去道歉還來得及啊。

儘管內心湧現了各種想法，但蒼太終究沒有將其化為言語。畢竟，每個人總會有一些很想說、卻又說不出口的事情。

answer 2
～答覆2～

蟬鳴聲轉化為雨聲，不斷敲打著社團教室的窗戶，直到最後放學時間為止。

生日／7月11日
巨蟹座
血型／AB型

蒼太的兒時玩伴。
隸屬於電影研究社。
似乎因為夏樹
而和戀雪之間有點……？

Yu Set
answer 3
~答覆3~

answer 3 ～答覆3～

一滴汗水滴落手背上。

這像是某種暗號，讓蒼太的感官知覺逐漸恢復。

喉嚨很乾，陽光灼燒的身體也滾燙得要命。

他將手伸向額頭，被汗水濡濕的瀏海黏上了手指。

（不妙，好像快昏倒了……）

蒼太搖搖頭，避免自己暈眩，然後環顧周遭。

球場上看不到足球社的成員，網球場也空空蕩蕩的。發現音樂教室不再傳來管樂社的演奏聲後，蒼太望向被曬得發燙的手錶錶面。

（原來已經中午了啊……難怪這麼安靜。）

answer 3
～答覆3～

為了拍攝電影的追加場景，他們在上午九點來到學校。稍做討論過後，在十點左右扛著攝影機來到操場上。然後，就只是默默等待春輝拍到想要的影像。

春輝現在仍目不轉睛地盯著攝影機鏡頭。彷彿只有他周遭的時間停止了一般。連蒼太都不禁望著這樣的春輝出神，而忘記開口呼喚他。

（我曾經聽說過，如果有人感覺一小時就像一瞬間，那麼，他實際上的年齡也只會增加一瞬間，而不是一小時……看著春輝，就讓人覺得這是真的呢。）

打從四個青梅竹馬一起追逐蝴蝶那時開始，春輝雙眼中蘊含的光芒就未曾改變過。對於自己覺得很棒或是能打動內心的東西，他擁有能勇往直前地追求的力量。

（換成是我，到了緊要關頭，我有辦法使出全力衝刺嗎……？）

說到高三的暑假，就會聯想到大學入學考這個一決勝負的關鍵點。優的志願是國立或公立大學，還為此參加了補習班的集訓。就算週末結束集訓回來，也還有其他讀書計畫要執行。所以，可說是完全沒有暑假。

光是聽他敘述念書排程，就足以讓蒼太翻白眼了。但正因為優有明確的目標，所以看起來也沒有半點迷惘。這或許就是蒼太一心渴求的「堅強意志」所締造的結果吧。

（雖然我也不是什麼都沒在想啦……）

對於自己的態度這麼不乾脆的原因，蒼太其實再了解不過。

不知不覺就這麼選擇了。因為只是老師的建議。因為只是想要一個保證。

他會將目標放在某大學的推薦入學，純粹是基於這種模模糊糊的理由。

而周遭的人也沒有繼續追究他本人真正的意願，時間就這樣不斷過去。

（……不對，明智老師不一樣。）

當蒼太為了爭取校內推薦名額，而前往教職員辦公室領取相關文件時，明智老師一開口就這麼問道：

「望月，你為什麼這樣老氣橫秋的啊？」

語氣聽起來雖然一如往常的懶散，但蒼太知道對方並不是在調侃他。

鮮少展露笑容、在某些地方莫名沒出息、絕非什麼正經的人，卻總是用直球來和他人交流。明智老師的這種地方，和春輝有幾分相似。

（雖然他們倆給人的感覺截然不同就是了……）

儘管他並不是負責指導學生規劃未來出路的老師，但對蒼太等人來說，明智老師是個很好的商量對象。

他是電影研究社的顧問，又和春輝的哥哥是同年級的學生。因此，與其他老師相較之下，他們能用更輕鬆的態度來和明智老師相處，也能更自在地說出內心的想法。

其中，他又跟春輝最為熟稔。時常可看到兩人在教職員辦公室或走廊上認真交談的身影。

（雖然看起來那個樣子，但明智老師其實很會照顧人呢。）

要是聽到蒼太這樣的感想，動輒被明智老師指派去做雜事的春輝八成會以「是他逼迫我照顧他才對！」反駁吧。不過，在撰寫腳本這方面，他的確給了蒼太不少建議。

那時，蒼太感覺明智老師似乎是在暗示他「你現在這樣，恐怕爭取不到校內推薦的名額喔」，於是有些焦急地反問：

「老氣橫秋不好嗎？不對，應該說我什麼地方老氣橫秋啊？」

「因為你感覺就是一副已經在為老年生活打算的心態嘛。選擇推薦入學固然很好，但你有好好研究過那些學校的科系或是教授嗎？」

這一刻，或許校內推薦的面試已經開始了。

蒼太繃緊神經，努力擠出認真的表情回答：

「……多……多少有啊。」

「噢，是喔。」

明智老師看似不太感興趣地喃喃回應，然後將手探入白袍的口袋。雖然身為教授古典文學的老師，但不知為何，他總是把白袍當成制服一般穿著。

他從口袋裡頭掏出一根棒棒糖。

靈巧地拆開包裝紙之後，明智老師冷不防地將棒棒糖塞入蒼太口中。

「迷日襖嗚(明智老師)～！」

「吃根棒棒糖，然後再好好思考一下吧。要是一心只想著『必須讓自己參加就業活動時更有優勢』，用這種理由選擇未來，之後可會吃苦頭喔。」

聽到這句建言的瞬間，蒼太感覺自己彷彿被看透，反抗意識也跟著湧現。

假設明智老師未來也能夠繼續像這樣照顧他，倒還另當別論，但不管怎麼說，在蒼太的人生中，他畢竟只是一個不相關的「旁人」。更何況，要是自己之後以「我照你的建議去為夢想而活，可是失敗了。請你負起責任吧。」這樣的理由來逼迫他，明智老師也只會感到困擾。

思考至此，蒼太突然發現了一件事。

這正是明智老師想要表達的意思啊。

（自己的人生，必須由自己來負責才行呢。）

所以，他才會殷切叮嚀蒼太，務必選擇不會讓自己後悔的那條路。

（雖然沒聽春輝提過他畢業後的規劃，但他一定已經決定好了吧。）

有好幾次，蒼太看到他在教職員辦公室和明智老師促膝長談的身影。

本人毫不在意地笑著，其他老師則是不約而同表現出傷透腦筋的反應。所以，他想必是做出了「不同於一般人」，但是「符合春輝作風」的選擇吧。

無論被誰反對，就算沒有半個人支持自己——

春輝也絕對會往自己選擇的那條路前進。

至於優，他擁有能夠說服周遭人的力量，而且也必定對自己的選擇有自信。

（……那我呢？在選擇推薦入學、選擇語文系的時候，我能說自己完全沒有看老師或爸爸的臉色來做決定嗎？）

「糟糕！」

春輝的聲音瞬間蓋過蟬鳴聲。

愣在原地的蒼太只能回以「咦……咦？」這種無意義的聲音。

（怎麼了？發生什麼事？）

蒼太按住幾乎要迸出來的心臟，望向猛然轉頭看著他的春輝。

「望太，你餓不餓？」

「……啊，嗯。因為已經中午了嘛。」

「真的假的！難怪啊。」

透過鏡頭探索這個世界時，春輝從沒喊過好累或是好熱之類的抱怨，不過，飢餓感似乎就是另外一回事了。面對這種高中男生再正常不過的反應，蒼太不禁湧現了笑意。

春輝也並非萬能的超人。純粹是自己的自卑感在作祟罷了。

「春輝的胃袋時鐘真是精準呢。」

「對吧？嗳，我們去吃拉麵好了。優給了我折價券喔。」

「真的嗎！不愧是優，有夠貼心的男人！」

「就算受我們歡迎，他也不會開心吧。」

「就是要把這種狀況拿來調侃他才有趣呀。」

「出現啦，黑色望太……會用一臉天真無邪的表情說出犀利台詞的男人。」

「我什麼時候有這種別名啦？不過，要取的話，就幫我想個帥氣點的嘛。」

「誰管你啊！」

「啊哈哈，你因為太餓就變得很隨便耶，春輝～」

前一刻險些陷入負面思考的泥沼，但現在，蒼太自然而然地露出笑容，彷彿方才的想法從未出現過似的。

他暗自為自己的心情變化鬆了一口氣，用變得輕盈的身子朝器材跑過去。

支撐著攝影機的三腳架，四周像是下過雨一般濕漉漉的。

（這些都是春輝的汗水啊……）

他們沒有像電影的登場人物那樣，以拳頭代替語言來溝通。

不過，蒼太仍感受到自己被春輝和優的身影所鼓舞，正努力地向上爬。

「不愧是讓優拿到折價券的店家。真的超級好吃耶。」

離開拉麵店之後，除了飽足感以外，春輝和蒼太有著更多興奮的情緒。

他們倆也很喜歡拉麵，但完全比不上優的熱情。

優總是不遺餘力地開發新的店家，或是尋找不為人知的名店。直到目前為止，他推薦的拉麵店沒有一間不好吃的。而今天吃的這家，更是最高等級的美味。

「如果不是常客，是不是就沒辦法拿到那個折價券啊……？」

剛才環顧店內時，蒼太並未看到折價券的相關文宣，而店員也沒有特別提及。

再加上結帳時，店家也沒有給他們貼紙或蓋章的集點卡，所以，更讓蒼太好奇優是怎麼拿到折價券的。

看到蒼太一臉不解的表情，春輝點了點頭，然後對他說明。

「好像是。店家似乎是聽到優說要介紹朋友來，就破例給他兩張。」

「這不是很厲害嗎？那位店長看起來相當有專業架勢，也給人很頑固的印象呢。」

「因為優的話術高人一等嘛。」

春輝聳肩，然後露齒燦笑。看到他的反應，蒼太也不禁噴笑出來。

「也對。但這也算是很厲害的才能呢～」

對於有些怕生的蒼太來說，這是一項令人好生羨慕的技能。

（春輝也有種天不怕地不怕的氣質，所以感覺會跟那種行家店長很合拍呢……）

「啊。」

春輝像是突然想到什麼似地短短喊了一聲。

蒼太隨即湧現不好的預感。他原本打算搶先一步主導話題，但還是慢了春輝半拍。

「你這星期有傳簡訊給早坂嗎？」

蒼太將「果然」兩個字嚥了回去，然後支支吾吾地回應。

「……還……還沒……」

「哎呀呀～？你不是每個星期都會跟她確認一次作畫進度嗎～？」

（不不不，這可是你跟優擅自決定的耶。）

看著浮現壞心眼笑容的提議人，蒼太在心中用力朝他扮鬼臉。

在討論會隔天，蒼太原本以為優只是透過夏樹這個中介人，將燈里的電話號碼傳給他。但在不知不覺中，自己就被任命為燈里的聯絡人了。

優表示他已經和春輝討論過此事，所以這絕對是他們倆共同策劃的。

（不過，也是啦……比起跟她面對面交談，這樣的溝通方式對我來說更輕鬆。呃，雖然我也只跟她說過一次話……）

因為這兩人的雞婆……不對，是熱心助人，蒼太和燈里的關係確實往前邁進了一步。

倘若可以愈來愈習慣這樣的簡訊交流，暑假結束後，自己或許就能看著燈里的臉，然後盡情和她聊天了。至少，應該不會再陷入腦袋一片空白而無法對話的窘境。

（——我之前也曾經想過這些呢。）

實際上，蒼太和燈里之間的交流，確實維持著和諧的氣氛。

除了確認作畫進度以外，兩人也慢慢開始摻雜一些諸如今天吃了什麼、去了哪裡的閒聊。

不過，再怎麼說，都是透過簡訊。

「我會在旁邊看著，趕快傳給她吧。」

「沒關係啦，我等會兒再傳。」

蒼太露出苦笑，以略為強硬的語氣回答。

「……啊，是喔。那我們就趕快回去繼續拍攝工作吧。」

春輝沒有再深究，加大步伐往前走。

蒼太敷衍著回應，然後悄悄窺探他的側臉。後者並沒有因他的回答而露出狐疑的神色，反而是一副想用鼻子哼歌的愉快模樣。

但蒼太確實看到了。

春輝臉上一瞬間出現的疑惑表情。

（因為春輝的直覺很準嘛……）

雖然還沒轉告另兩人，但說實話，燈里的作畫進度並不理想。

進入暑假後，她馬上完成了草稿——直到這個階段為止都還算順利。然而，在即將上色的時候，她的畫筆突然就這麼停下來了。

當初，蒼太以為燈里是因為比賽用的作品漸入佳境，所以沒有足夠的心力來處理電影研究社的委託。基於一行人是在明白這一點的情況下委託她，所以蒼太只告訴她別把進度放在心上，並沒有追問燈里詳細情況，或是督促她繼續作畫。

但昨晚，他才得知事態遠比想像來得嚴重。

發現燈里罕見地主動傳簡訊過來，在閱讀內容之前，蒼太就已經興奮不已。然而，點開簡訊之後，他徹底從這個美夢中清醒。

『戀愛到底是什麼？』

簡訊裡頭就只有這麼一行謎樣的提問。

儘管不明白燈里詳細的現況，但蒼太的腦中瞬間閃過春輝的臉龐。這名兒時玩伴在創作遇上瓶頸時，似乎也會不停搔頭，然後道出類似的台詞。

「你認為『愛』是什麼？跟『戀慕』哪裡不一樣？」

「噯，你知道嗎？談戀愛之後，大腦好像就會分泌一種叫多巴胺還是腎上腺素的賀爾蒙。所以，真要說的話，戀愛其實是一種化學反應吧？」

「說起來，談戀愛的是『大腦』嗎？還是不知道位於何處的『心』？」

不知是對著眼前的人提問，還是丟給自己的問題。

一開始，蒼太等人原本只是回以模稜兩可的回應。但在高二結束之後，他們轉為默默旁觀的態度。

（那大概是春輝腦袋裡頭的思緒滿出來了吧。）

燈里也或許並不是在向蒼太尋求「解答」吧。

都傳簡訊過來了，必定是希望獲得什麼回應才是。

但實際上，這好比是在對鏡子說話。到頭來，燈里仍是在對自己提出問題。只是傳送簡訊的對象恰巧是蒼太罷了。

（跟夏樹借的漫畫裡頭好像也出現過……）

被稱為天才的人們，會自顧自地開始煩惱，然後再自顧自地獲得解答。

answer 3

～答覆3～

無論凡人再怎麼企圖出手協助，也只會幫倒忙而已——

（有能力給燈里美眉建議的人，或許只有春輝了……）

若是擁有相似感性的兩人，也有可能做到。

至少，比起讓蒼太從旁插嘴，這麼做應該能導向更理想的結果。

（我很明白。不過，就算明白，我也想做點什麼啊。）

思考了一整晚之後，蒼太決定嚴選自己推薦的幾部愛情片，並和劇情摘要一同寫成簡訊傳送給燈里。

雖然不知道燈里想了解戀愛的哪個部分，但蒼太認為這些或許能讓她參考。

（加油啊，燈里美眉……！）

蒼太仰望飄著雲朵的天空，在內心朝燈里發出鼓舞。

在追加場景的拍攝作業結束，開始進入剪接階段的時候，暑假劃下了句點。

對蒼太來說，這個暑假彷彿一轉眼就消失了。

或許是今年炎熱的暑氣仍遲遲沒有消散，所以更令人有這樣的感覺吧。明明還熱得要命，日曆卻已經翻到九月的頁面。考試和面試也接踵而來。

（不過，再半年就要畢業了呢。真是難以置信啊。）

能夠自由地將時間用在拍攝電影，一定也只有現在這個時期了吧。

他跟春輝等人選擇的學校都完全不同，或許連住的地方都會變得遙遠。這樣一來，就連想要輕鬆聚聚都很困難。

（總是在一起做蠢事的友人，之後卻突然要各奔東西了嗎……）

蒼太嘆了一口氣，結果優從旁戳了戳他的肩膀。

「望太，已經換到下個場景嘍。」

「……咦？啊，抱歉。」

在三人久違到齊的社團教室裡，蒼太慌慌張張地翻著貼滿便利貼的劇本。

（啊，糟糕，回到前一個場景了。）

蒼太睡眠不足的腦袋，無法順利對身體下達正確的指示。

他朝坐在正對面的春輝瞄了一眼。後者為劇本翻頁的時間點也有些微妙。

討論剪接內容的簡訊是在昨晚……應該說是今天凌晨傳過來的。所以，春輝的睡眠時間恐怕比他還少。仔細看的話，春輝的雙眼下方似乎還浮現了黑眼圈。

電影並非在結束拍攝工作後就大功告成。依照後續剪接的效果，有可能出現相當大的不同。

進行剪接時，雖然還是由身為導演的春輝來指揮，但負責劇本的蒼太，以及立場比較接近製作人的優也會給予意見。電影就在三人的討論切磋下逐漸完成。

因為優參加了補習班的集訓，所以，他可說是和這部作品維持著一段絕佳的距離。他能夠以更貼近觀眾的立場，從各種角度提出不同意見。至於製作流程的進展，或許也只有優能夠掌握整體狀態了吧。

「我整理了一下目前的狀況。現階段能夠拍攝的場景，已經全都拍完了吧？我這邊也會針對拍好的膠卷大致進行比對。」

「……嗯，拜託你了。」

春輝以略為沙啞的嗓音回應，坐在他旁邊的蒼太也無力地點了點頭。

優忙著抄寫筆記，然後像是想起什麼似地輕輕「啊」了一聲。

（來了來了。這是要對我提出問題的模式吧。）

春輝也是這樣。感覺像是要道出難以啟齒的話題時的一種提示。

正因為他們三人是兒時玩伴，所以才會在這種小地方很相似，或是能夠掌握對方的習慣吧。

「望太，早坂的畫進行得如何？」

「……關於這個……」

answer 3
～答覆3～

「別告訴我她搞失聯嘍。」

「你有確實聯絡她嗎？」

優和春輝接二連三地提出質問。

為了不被兩人的氣勢壓倒，蒼太也以略微強硬的態度出聲反駁。

「啥？才不會有那種事啦！」

覺得兩人發言有些失禮的蒼太皺起眉頭。但他們仍毫不客氣地繼續吐嘈。

「就算嘴上這麼說，但你一跟她見面，就會變得幾乎無法呼吸吧？」

「上次要不是貼心的我把你帶開，你鐵定會當場昏倒。」

「那……那次真的承蒙你的照顧啦～！不過，這次絕對沒問題。我每個星期都會跟她確認一次目前的作畫進度。」

儘管蒼太自信滿滿地挺了挺胸口，內心卻為了自己的聲音是否在顫抖而擔憂不已。

他的眼神比平常更飄忽不定，也因此一下就被優看穿了。

「既然這樣，你幹嘛露出那種不太妙的表情啊？」

「……這是因為……那個……」

看到蒼太再次支支吾吾起來，春輝突然彈了一下手指。

「所以是早坂那邊的問題？」

（嗚嗚，果然露餡了嗎……）

再繼續隱瞞下去也無濟於事。蒼太只好不太情願地道出事實。

「其實草稿已經完成，也開始上色了……可是，燈里美眉說總覺得缺少些什麼，結果就在完稿前停筆了。」

聽到這似曾相識的狀況，優雙手抱頭，喃喃呻吟著：「這下事情不好啦。」

另一方面，春輝則是雙手抱胸，心有戚戚焉地表示：「這很常見、很常見。」

「創作的時候，總是會無可避免地遇到這種瓶頸呢。」

「而且，直到本人打從心底覺得滿意前，不管周遭的人怎麼說，都沒有用啊……」

蒼太隨即明白優其實是在暗指春輝。

不過不知本人是否聽出來了。春輝只是苦著臉表示：「這就是創作者的苦處啊。」

「我也有問她是在哪個階段卡住，但似乎連本人都搞不太懂的樣子。或許是哲學思維方面的問題吧，她還說過『戀愛到底是什麼呢？』這樣的話。」

「啊～這下真的不太妙了……」

看到優皺眉的反應，蒼太正要同樣陷入苦惱的瞬間，春輝卻打從內心不解地問道：

「什麼不太妙？」

對優來說，這似乎是個出乎意料的問題。他愣愣地望向春輝。

過於詫異的蒼太，也只能圓瞪雙眼凝視著春輝。

春輝沒有被兩人的視線壓倒，一臉若無其事地開始說明：

「早坂那句『戀愛到底是什麼？』，應該跟『人生在世是為了什麼？』這種哲學問題的含意不同吧。她純粹是真的不知道，才會這麼說。」

「……我……我還是不懂。拜託再說明一次！」

「望太，是你想得太複雜啦。聽好嘍，意思就是早坂還沒有戀愛經驗。以上。」

下一瞬間，蒼太不禁嚥了嚥口水。

倘若春輝的說法正確，那就代表自己的勁敵目前不存在。

雖然想追求燈里的男生很多，但在某方面而言，他們和蒼太是同等的。如果她本人已經有了喜歡的對象，蒼太就必須面對極為不利的挑戰。

不過，要是所有人都同樣沒有希望，勝算就能稍微提高一點。

（不對，可是……升上高中還沒有初戀的經驗……嗯？嗯嗯？）

「這麼一說，燈里美眉也是我的初戀呢。」

回神過來的時候，蒼太發現自己這麼自言自語著。

（難道……難道？）

突然湧現的期待，讓他感覺臉上一陣燥熱。

「望太，不要自己說出口，又自己羞得滿臉通紅好嗎……連我都不好意思了耶。」

優一邊說著，一邊用手替臉頰搧風。春輝則是露出壞心眼的笑容。

「被初戀弄得灰頭土臉的你，也沒有資格說別人吧，優？」

「話說回來，你跟合田又怎麼樣啦，春輝？」

「沒怎麼樣啊。不過，她說這陣子暫時沒辦法和我一起回家了。」

因為春輝的語氣實在太稀鬆平常，所以優和蒼太的反應也跟著慢了半拍。

暫時沒辦法一起回家——

在腦中反芻兩三次之後，終於明白這句話的兩人，不禁瞬間臉色發白。

「……啥？喂喂喂，這是要跟你拉開一段距離的意思吧？」

「這明明就是有怎麼樣的狀況嘛！」

「你們的反應好激烈喔～」

不知道這是發自內心，還是為了掩飾害羞的反應，春輝一副置身事外的態度。

反倒是蒼太慌張起來，忍不住開始追問一堆有的沒的事情。

「是你太淡定啦！這樣可以嗎？你有沒有問她理由？」

「嗯？嗯～她好像說是因為最近要忙著製作參加比賽用的作品。」

「所以，問題並不是出在你身上嘍？那就好。」

「真是的，別嚇人啦……」

優也同樣放下心來。但片刻後，他又「嗯？」了一聲，露出疑惑的表情。

「……是說，你跟合田在交往對吧，春輝？」

「啊，這個問題我也想問呢。」

反射性地開口之後，蒼太不禁在內心焦躁起來。

儘管春輝仍一臉不關己事的態度，但他的眼中微微透出不耐的神色。

「嗯……」

春輝發出略為不悅的呻吟聲，然後對優投以犀利的視線反問：

「問這個又能怎樣？假如我跟合田在交往……不對，假如我說自己喜歡夏樹以外的人，你就會放心了嗎，優？感到放心，然後就結束了？」

一開始，蒼太原本以為春輝又投出了一記猛球。

因為他和優基於好奇心追問兩人的事情，所以春輝才會動怒。

但春輝的提問卻完全不是這麼一回事。

（聽到春輝說自己喜歡夏樹以外的人，優就會放心……這是……）

原本打算煽動春輝的優，現在或許是被自己甩出去的迴力標打個正著了吧。

優無言以對，只能愣愣地杵在原地回視春輝。

（我現在可以插嘴嗎……？）

從兩人之間瀰漫的氣氛來判斷，不管蒼太說什麼，可能都只會是火上加油。

不過，他也無法坐視現況持續下去。於是蒼太深呼吸一口氣。

「噯，優。」

他出聲輕喚。優像是緊繃的神經得到解放似地抽動了一下肩膀。

「太難的事情我不是很懂……不過，你餓不餓？」

「咦……」

代替困惑的優出聲贊成的，是馬上開始收拾東西準備回家的春輝。

「我的胃空空如也，幾乎要磨出洞來了。我從昨晚就什麼都沒吃呢～」

的人。

（太好了。春輝或許也在窺探結束話題的時機吧。）

雖然笑點很低，同時也容易動怒，但春輝是生完氣之後就會馬上忘記，不會放在心上的人。

不同於反應有些不自在的優，他似乎已經完全切換了心情。

春輝再次將視線轉往優的身上。這次，他的表情少了方才的犀利，嘴角也是上揚的。

「去吃拉麵吧！」

「……那就順便去開發新的店家好了。超市後面有一間新開的喔。」

終於從座位上起身的優，道出了他珍藏的店舖情報。

「咦，你又發現新的店啦？你真的很喜歡拉麵耶，優～」

儘管試著以平常的語氣回應，但蒼太總覺得內心有種不明朗的感覺。

「問這個又能怎樣？假如我跟合田在交往……不對，假如我說自己喜歡夏樹以外的人，你就會放心了嗎，優？感到放心，然後就結束了？」

蒼太明白那並非是春輝的反擊，而是為了讓優振作起來的質問。

依照春輝的個性，如果他真的喜歡夏樹，一定會大方承認。

（所以，如果沒有這種可能性……但又為什麼會突然冒出夏樹的名字啊？優也真是的，明明一臉想說「我現在是在問你跟合田之間的事」……咦……咦？）

面對扯開話題的春輝，為什麼優沒有半點反應？

不，應該是他無法做出任何反應才對。

（……糟糕。我愛看熱鬧的老毛病又犯了。）

蒼太輕輕搖頭，將腦中橫衝直撞的思緒驅逐出去。

或許，有一道看不見的鴻溝，正在這兩人之間逐漸成形。但蒼太能做的，也只有默默陪伴在他們身旁了。

（雖然不太想思考這種問題……但如果他們倆真的正面起衝突，我一定要好好居中協調才行。）

蒼太以堅定的態度這麼說服自己，然後朝優和春輝所在的走廊上跑去。

眾人圍繞在嶄新的餐桌前，大口吸起眼前的拉麵。

看來，這間店也是非常正確的選擇。大家手中的筷子幾乎都沒停過。

原本早上還覺得胃不太舒服的蒼太，現在也彷彿完全沒這回事一般，大口大口地將餛飩麵往肚裡送。聽說餛飩麵的湯頭最清淡，所以蒼太才選擇了它，但眼前這碗麵的美味，卻徹底超乎他的想像。

（優的醬油拉麵聞起來也好香喔～）

坐在蒼太正對面的春輝選擇了蔥花鹽味拉麵，一旁的優則是點了最基本的醬油拉麵。

至於第四人——亦即蒼太的身旁，則是點了叉燒拉麵的綾瀨戀雪。

answer 3
～答覆3～

事情約莫發生在三十分鐘前。

蒼太在車站附近瞥見戀雪的背影，急急忙忙地追上前大喊：

「阿雪～！不對，綾瀨同學！不嫌棄的話，要不要跟我們一起去吃拉麵？」

「啊哈哈，叫我阿雪就可以嘍。請務必讓我同行吧。」

儘管不是會以暱稱呼喚彼此，也不是放學後會一起到處逛的交情，戀雪仍露出笑容回應蒼太。

看到對方欣然答應自己唐突的邀約，讓蒼太開心不已的同時，優帶著困惑表情杵在原地的身影，也映入了他的眼簾。

面對總是能跟他人打成一片的兒時玩伴罕見的反應，蒼太不禁又望了他一眼。

戀雪的確是和夏樹較為親近的男生沒錯，但也僅止於此。儘管蒼太認為戀雪對待夏樹的態度明顯流露出好感，不過，兩人並沒有發展出更特別的交情。

（反而應該說在暑假過後……他們的相處變得不太自在了？）

夏樹和戀雪仍經常互相借閱漫畫，但連那種時候，兩人之間似乎也變得比以往生疏。

而看著這兩人互動的優，好像也和夏樹維持著一段微妙的距離。

（不過，他應該不至於聽到阿雪要來，就說自己要先走了吧……？）

蒼太懷抱著不安轉頭，聽到後方傳來一陣清脆的聲響。

是春輝朝板著臉杵在原地的優背後拍了一下。

「這不正是個好機會嗎？你們倆就攤牌把話說清楚吧。」

要攤牌說清楚，就表示優和戀雪之間確實發生過什麼事吧。

儘管整個人透露出心不甘情不願的感覺，聽到春輝的發言，優還是點了點頭。

（不過，這和一起去吃飯是兩碼子事情嘛。）

沒讓蒼太知道這件事，就表示優「不想讓他知道」。

這時候，還是不要多嘴追問，或是表露不必要的體貼比較好。

就算隸屬同個社團，彼此是好朋友又是兒時玩伴，也不代表什麼都能跟對方說。

（不過，春輝知道而我不知道，也有種複雜的感覺就是了……雖然只有一點點。）

蒼太算準戀雪把拉麵吃得差不多的時間點，開始對他展開提問攻勢。

內容當然是針對他的變身大改造。

「哦！所以，你是去青山那間雜誌有刊登過的美髮沙龍剪頭髮嗎？」

「我想說可以先從外表開始。」

「嗯嗯，設計師剪出來的造型都會不一樣嘛。你現在的髮型很帥氣喔。」

「不過，內在還是改不了，所以改變的效果也有限就是了……」

看到戀雪有些難為情又莫名無精打采的笑容，蒼太雙手握拳強力表示：

「阿雪，我覺得你可以更有自信一點喔。能讓自己改變，就已經很厲害了呢！」

「……呃……嗯……」

（啊，我講得太過頭了嗎？會不會讓他覺得「這傢伙怎麼回事啊」，然後退避三舍？）

雖然蒼太發言的氣勢讓戀雪有點愣住，似乎也讓他感受到對方是發自內心敬佩自己。戀雪的臉上宛如雪融般緩緩綻放出笑容。

（……阿雪，你真的改變了呢。）

被他人當面稱讚的時候，要坦率接受讚美其實很困難。通常會因為害臊而打哈哈帶過，或是懷疑對方的讚美動機不純。這就是缺乏自信的表徵吧。

（如果是春輝的話，聽到周遭的人稱讚自己很有才能，他也不會想逃跑呢。）

「不管理由是什麼，能像那樣改變自己，實在很厲害呢。」

即將進入暑假的某天，蒼太眺望著窗外的戀雪，像是看到無比炫目的東西似地瞇起雙眼，然後道出這句感想。隨後，優予以「我覺得你維持現在這樣就很好了，望太」的回應。

雖然這句話讓蒼太很開心，但他認為自己不能就這樣一直依賴友人的溫柔。

「想要改變……嗎……」

（沒錯沒錯，我也這麼想……嗯？）

不是朝蒼太攀談，而是優的自言自語。

於是三人的視線都集中在突然喃喃低語的優身上。

發現大家都盯著自己之後，優略為困惑地問道：

「怎……怎麼？發生什麼事了？」

「呃，因為你剛才說『想要改變』啊，優。」

蒼太對春輝投以徵詢同意的目光，後者也點了點頭。

「對啊。」

看到兩人的反應，優很明顯地動搖起來。

（糟糕，或許應該裝作沒聽到才對……）

在蒼太努力思考該如何打圓場時，戀雪突然開口了：

「原來瀨戶口同學也會有這樣的想法啊。」

他眨了眨眼，語氣聽起來也有些意外。

「……我不能有這種想法嗎？」

「啊，我不是這個意思……因為，在我看來，你是『擁有』的人。」

不明說「擁有」什麼，是因為戀雪想故弄玄虛嗎？

看到優沒有繼續追問，讓蒼太忍不住想從旁插嘴。

（不對，現在不是做這種事的時候！優，你應該不至於突然跟阿雪吵起來吧……？）

優平常感覺像個溫柔敦厚的大哥哥，不過，倘若是和夏樹有關的事，就另當別論了。

戀雪和優的關係，正因為夏樹而陷入難解複雜的狀況。蒼太的直覺這麼告訴自己。

在這種情況下，聽到戀雪像是企圖轉移話題的答案，優究竟能否以一如往常的態度回應他呢？

正當蒼太為了接下來的發展坐立不安時，優突然露出苦笑。

「謝謝。為了表達感激，我就貢獻一塊叉燒給你吧。」

（太好了！你忍過去了，優！）

蒼太沒有將內心的想法吶喊出聲，而是順勢加入兩人的對話。

「咦，好好喔！我也想要～」

「沒問題。反正只要努力吹捧優就好，是個很簡單的任務喔。」

在春輝跟著亂入後，餐桌上隨即恢復熱熱鬧鬧的氣氛。

「春輝，我說你啊……不要把我講得那麼糟好嗎！」

「總之，你對我們再溫柔一點也不會遭到天罰喔。」

「果然因為他是『優』的緣故嗎？」（註：「優」和日文的「溫柔」字首相同）

「好，我要沒收你的兩枚座墊～」

在蒼太和春輝嬉鬧的同時，戀雪坐在一旁微笑的身影映入眼簾。

那是個彷彿仰望天空而感到炫目不已的表情。

優似乎也察覺到這一點。他將視線移往戀雪身上，結果戀雪輕聲說了些什麼。

儘管覺得偷聽很不道德，但蒼太還是豎起耳朵傾聽兩人的對話。

「嗯，瀨戶口同學，你果然擁有呢。」

「雖然他們平常只是很聒噪就是了。」

「……不過，還是很令人羨慕呢。」

（噢，原來是這個意思啊……）

雖說只是短短幾句對話，但蒼太現在明白戀雪認為優擁有什麼了。

他是想表達優「擁有」朋友。

同時也暗指「自己和他不同」。

（沒這回事喔。你也有朋友啊，阿雪……）

蒼太一瞬間想這麼回應他，但最後還是將差點迸出來的發言吞了回去。

因為蒼太發現，別說是戀雪的交友關係了，自己根本對他一無所知。

蒼太只是從遠處眺望戀雪彷彿從蟲蛹羽化成蝴蝶般的變化，然後單方面地憧憬他。儘管對戀雪懷抱著親暱感，但蒼太也沒有將這樣的心情傳達給對方。

（……對阿雪來說，我大概變成只是在台下看電影的觀眾了呢。）

或許是因為對方能夠做到自己做不到的事情，因為不想拿對方和自己做比較，所以，在不知不覺中，蒼太將戀雪視為位於螢幕另一端的人。

（我對燈里美眉或許也是這樣呢。）

只是聽著燈里和夏樹或美櫻的對話，然後認為自己已經認識她了。

只是因為自己總是注視著她，所以才會產生倍感親切的錯覺。

其實這一切，都只是蒼太單方面的想法罷了。

心臟意外刺痛起來。但蒼太還是在心中對戀雪喊話。

（阿雪。我啊，其實也很想跟你變成朋友喔。）

不是將他當成讓自己有勇氣向燈里攀談的恩人，也不是單方面的伙伴意識，而是能跟他面對面地交流談天。

然而，這天，能讓蒼太傳達這份心意的機會並未到來。

answer 3
～答覆3～

在步出拉麵店後，戀雪開口指名了優。

「瀨戶口同學，可以再占用你一點時間嗎？」

因為戀雪表示希望跟優兩人獨處，所以蒼太和春輝也只能老實離開。

不知道戀雪跟留下來的優談了什麼？

不過，到了隔天，兩人的樣子明顯透露出昨天發生過什麼事。

在優和戀雪之間逐漸成形的鴻溝，經過這天之後，一口氣變得更深了。

圍繞著夏樹的三角戀愛，或許正在迎向關鍵的一刻。

Ayase
answer 4
~答覆4~

生日 / 8月28日
處女座
血型 / A型

蒼太的同班同學。
隸屬於園藝社。
跟夏樹是漫畫同好。
最近因為形象大轉變，
而受到女孩子的矚目。

answer 4 ～答覆4～

（小夏跟美櫻是怎麼了呢……）

從其他課堂返回教室後，燈里悄悄地嘆了一口氣。

自從暑假結束以來，她發現這兩人感覺似乎哪裡怪怪的。

就算問她們是不是有什麼煩惱或是身體哪裡不舒服，兩人也都只是搖搖頭。

像現在，她們倆沒有走在燈里身旁，或許正是發生過什麼事的證據。

（她們說是要去教職員辦公室一趟……但其實是因為看到瀨戶口同學和芹澤同學在走廊的另一頭，才想趕快避開他們吧？）

儘管不願這樣懷疑，但夏樹和美櫻不尋常的行動，並非從今天才開始。

而優和春輝好像也在躲著她們。

到了午休時間，兩人總是馬上跑到電影研究社的社團教室去。

answer 4
～答覆4～

起初，燈里單純以為他們在忙社團的事情。

這雖也是原因之一，不過，在瞥見夏樹和蒼太很自然交談的模樣時，她察覺到了。

夏樹和優、美櫻和春輝，都跟彼此保持著一段距離。

（到底發生什麼事了？我沒辦法幫上她們倆的忙嗎……）

不知不覺中緊握的掌心，傳來紙張被揉爛的聲響。

因此回過神來的燈里，連忙將被自己弄皺的講義撫平。這時，背後突然傳來一個呼喚她的聲音。

「早坂同學。」

這是她時常會聽到的聲音。

直至目前，燈里還不曾聽過對方呼喚自己的名字。但她不可能聽錯。

這個溫柔又澄澈的嗓音，想必是來自他吧。

「……望月同學？」

燈里轉身，發現一如所想的人物站在那裡。

不知道對方是不是有點發燒，他的耳朵微微發紅。

正當燈里想問他「你怎麼了？」的時候，蒼太早了一步開口。

「那……那個……」

或許是相當難以啟齒的事情吧。蒼太開口之後，又沉默了半晌。

連燈里也莫名跟著緊張起來。她不禁輕輕擁住懷裡的課本。

「我有話想對妳說。今天放學後的四點十分，可以請妳在這間教室裡等我嗎？」

（這是我們第二次交談呢。）

雖然兩人已經互傳過好幾次簡訊，但像這樣面對面說話，還是令人緊張。

沉默地點點頭，是燈里能做出的最大回應了。

answer 4

～答覆4～

「太……太好了……那就晚點見嘍。」

說完自己想說的話之後，蒼太就一溜煙地跑走了。

還無法理解狀況而獨自留下來的燈里，就這樣愣愣地佇立在原地。

（會讓他特地約我談的事情，應該就是關於電影用的那幅畫吧……？）

逐漸恢復平靜後，浮現在燈里腦中的，是電影研究社委託她描繪畫作一事。

在暑假中一度停筆之後，那幅畫至今尚未完成。原因在於燈里無法確切掌握名為「初戀」的這個作畫主題。

（……如果我能在放學前把握這個主題的提示就好了……）

聽到掌心再次傳來紙張摩擦聲，燈里急忙鬆開自己握拳的手。

若是肩膀過於用力，就無法隨心所欲地描繪出線條。

她試著這麼說服自己，然後伸手打開眼前的教室大門。

在班會結束後，教室裡一口氣變得嘈雜起來。

將手伸向整理完畢的書包時，燈里不經意地抬頭望向牆上的時鐘。

距離跟蒼太約定的時間，還剩下一小時又多一點。

（就算去美術教室，等到畫畫的手感湧現，恐怕約好的時間也過了呢……）

「燈里，我們去社團吧～」

「今天繪里老師也在喲！」

已經揹起書包的美櫻和夏樹走到燈里的座位迎接她。

險些順勢點頭的燈里急忙搖了搖頭。

「……我有一本書想看完，妳們先過去吧。」

「是喔？」

answer 4
～答覆4～

雖然明白夏樹並非在質疑自己的發言，燈里仍有些良心不安。儘管沒有這麼做的必要，她還是從書包裡拿出那本讀到一半的文庫本。

「因為借閱期限只到明天而已。」

「那可得快點看完才行了。」

看到美櫻一臉認真地表示同意，燈里只能回以有些無力的笑容。

（雖然我並沒有說謊，但總覺得有點過意不去呢……）

關於自己跟蒼太有約一事，不知為何，燈里無法對這兩人說出口。

並不是因為蒼太要跟她討論的，是最後只有自己被委託繪製的那幅畫的事情。

那麼，又是為了什麼？一直思考原因的燈里，同樣找不出答案。

目送兩名友人前往美術教室後，燈里依照自己方才的宣言開始看書。

其他同學也陸續離開了教室。即將進入最後的篇章時，教室裡只剩下燈里一人。

（感覺有點可惜，剩下的就回家再看好了。）

燈里闔上書本，發現橘紅色的陽光從窗外灑落。

窗簾沒有掩上的教室，染上一片柔和的色彩。

「……啊，已經四點了呀。」

燈里從座位上起身，伸了一個懶腰，藉此放鬆僵硬的身體。

因為剛才聚精會神地閱讀，現在腦袋感到清爽許多。

（留在教室裡，或許是正確的選擇呢。）

就算勉強握起畫筆，別說是集中精神了，她或許甚至無法面對畫布吧。

現在，燈里反而渴望透過接觸他人的創作，來刺激自己孕育作品所需要的某種東西。

叮～咚～噹～咚～叮～咚～噹～咚～

鐘聲響起的瞬間，燈里像是觸電般望向牆上的時鐘。

四點五分。還剩五分鐘，就到約定的時間了。

answer 4
～答覆4～

當她意識到這一點，心臟突然開始激烈地跳動。

為了讓自己冷靜下來，燈里隔著制服西裝外套輕輕按住胸口。

「咦！」

教室大門被人喀啦一聲打開。瞪大雙眼的蒼太跟著現身在門口。

或許是因為他明明提早過來，卻意外發現燈里已經出現在教室裡，所以嚇了一跳吧。

這種情況下，是不是自己要主動出聲比較好？

在燈里打算開口的瞬間，蒼太的聲音傳來了。

「我就……不行嗎？」

不行？是指什麼不行？

儘管內心覺得不可思議，但燈里還是反射性地回答他。

「是……是的。我覺得可以喲……」

聽到燈里的答覆，蒼太難以置信地瞪大雙眼。

然後道出不具意義的單字。

「咦……咦……」

「咦？」

燈里無法理解蒼太如此慌張的原因，只能不解地歪過頭。

看到她這樣的反應，不知為何，蒼太緊緊皺起眉頭。

（望月同學是怎麼了呢？有什麼很難說出口的事情嗎……）

發現燈里對自己投以摻雜著混亂和擔心的眼神後，蒼太深呼吸一口氣，吶喊出聲：

「我的意思是，我喜歡妳！」

「咦！」

「我說我喜歡妳！」

answer 4
～答覆4～

這次換燈里沉默下來了。

（他說喜歡……喜歡？意思是……望月同學他……喜歡我嗎？）

作夢也沒想到對方會向自己告白，讓燈里因過度震撼而屏息。

蒼太將雙手緊緊握拳，低下漲紅的臉繼續表示：

「我絕對不會讓妳悲傷難過，每天都會讓妳展露笑容！」

這個認真不已的嗓音道出的「約定」，讓燈里的心跳再次加速。

「我還希望妳能每天替我做便當！」

「咦……」

劇烈跳動到幾乎要迸裂開來的心臟，一下子放慢了速度。

（每天……做便當……）

蒼太抬起頭來，對燈里投以像是在窺探她的反應般的視線。

一秒、兩秒過去。看到對方持續凝視著自己，燈里才發現她必須做出回應，否則對話就無法繼續下去。

她委婉地表達出自己真正的想法。

「每天做便當很麻煩，我不要。」

「咦咦咦！」

對蒼太來說，這似乎是相當大的打擊。

他沮喪地垂下頭的樣子，就好像一隻被責罵的幼犬。

（有沒有能夠取代便當的……）

燈里慌慌張張地思考起來，然後想到了一個妙計。

她搥了一下手掌心，然後以像在邀約夏樹或美櫻的語氣開口。

「啊，對了，車站附近有間新開的蛋糕店呢。不嫌棄的話我們現在一起去好嗎？」

但蒼太只是杵在原地，愣愣地不停眨眼。

（難道他不喜歡甜食？）

正當燈里企圖思索更好的提案時，蒼太的雙眼瞬間綻放出歡喜的光芒。

「好的！我要去！」

♥

answer 4
～答覆4～

當學生們全都收起夏季制服，換上冬季制服之時，學校裡呈現一片色彩繽紛的景象。

除了西裝外套以外，女生們紛紛披上黑色、深藍色、米色或灰色的開襟毛衣，部分男生則是套上有著搶眼色彩的毛衣或連帽外套。

（我好喜歡芹澤同學的毛衣喔～）

望著春輝往電影研究社的社團教室走去的背影，燈里吐出感嘆的氣息。

（櫻花粉的毛衣和他偏淺的髮色十分相稱呢。）

雖然只在畢業旅行時目睹過，但春輝的便服穿搭也十分有品味。

或許因為他時常拍攝電影，所以也很擅長色彩的搭配吧。

「燈……早坂同學？」

「哇啊！」

被人這麼一喚，原本在發呆的燈里不禁雙肩一顫。

看到她的反應，出聲的蒼太露出有些愧疚的表情。

「對不起，突然開口叫妳……」

「不……不會！呃……那個……呃……」

儘管認為在對方詢問「妳剛才在看什麼？」之前，自己應該主動開口找話聊，但燈里卻遲遲想不到最重要的話題。她拚命地思考，但從嘴裡說出來的，卻只有「這個～」或「那個～」這類無意義的詞彙。

不過，蒼太並沒有催促燈里，而是耐心等她開口。

「不要緊，妳慢慢說。」

看到蒼太不是臨時擠出來，也並非皮笑肉不笑的笑容，讓燈里感覺輕鬆許多。

同時，卻也有種坐也不是，站也不是的感覺油然而生。

（原來望月同學也會露出這種表情呀……）

仔細想想，這或許是燈里第一次看到他對自己露出這種溫柔的笑容。

面對春輝、優或是夏樹的時候，蒼太總是會展現相當多變的表情，但面對燈里時，他的臉上永遠少不了緊張。兩人的交談也稱不上自然，能夠持續對話兩到三句，就已經算是不錯了。

（因為我也會不小心緊張起來，所以可說是彼此彼此吧？）

思考至此，燈里察覺到一件事。

自己雖然有點怕生，但其實很喜歡跟人聊天。只要和對方熟稔起來，她也會主動開口攀談。

然而，在面對蒼太時，她內心緊張的情緒卻未曾消失過。這是為什麼呢？

「那個……妳有哪裡不舒服嗎？」

「……咦？」

聽到對方的聲音從近在咫尺的距離傳來，燈里的肩膀再次抽動了一下。

想到這樣的反應可能帶給蒼太負面的感覺，她不禁慌張起來，不過，蒼太只是輕聲道出：「果然是這樣。」

「妳會在走廊上發呆，大概是因為發燒了吧？妳的臉也有點紅……」

聽到蒼太的指摘，燈里突兀地提高音量問道：

「我……我可以先看你們的電影，對不對？」

「咦？啊，是的。還沒經過剪接，所以內容可能有點冗長，但我想應該能讓妳當作參考。不過，既然妳感冒了，那要不要改天再看呢？」

「不要緊！我完全沒事喲。」

看到燈里雙手握拳的反應，雖然仍有些猶豫不決，但蒼太還是點頭答應了。

（望月同學好溫柔喔。）

想到這樣的人曾對自己說「我喜歡妳」，燈里不禁有些慢半拍地緊張起來。

可是，一直對蒼太保持這種客客氣氣的態度，就無法回應他的感情。

她尚未對這個告白做出答覆，現在就像是緩衝期一樣。在這段期間，她必須徹底確認自己的心意，找到對自己和蒼太而言最誠實的答案。

（……原來談戀愛是這麼辛苦的事情呀。）

明明是自己的感情，卻如此難以捉摸。

在這樣的焦躁感籠罩之下，燈里踩著通往美術教室的樓梯往下走。

♥

美術教室裡頭還有其他社員，所以燈里借用了旁邊的準備室。

她將蒼太帶來的筆記型電腦放在長桌上，兩人一起並肩觀賞製作中的電影。

answer 4
～答覆4～

這部電影敘述的是一名女高中生淡淡的戀情。

女主角喜歡的人，是同樣隸屬於美術社，比自己高兩個學年的學長。

為了讓擔任社長的他注意到自己，女主角非常努力地作畫，但作品卻總是不如預期的理想。

一直抓不到手感的女主角，在國中時明明多次獲獎，現在卻陷入一再落選的窘境。

自己到底是怎麼了？有什麼地方不對嗎？

女主角為此苦思不已，同時也逐漸疏遠畫布。

三月，是學長即將畢業的時期。

自己難道要在無法傳遞心意的情況下，就這樣和學長永遠分開了嗎？

不願意看到事態如此發展的女主角，於是再次握筆。

她將自己滿溢的情感傾洩於畫布上，在畢業典禮的前一天完成了這張畫作——

「咦，到這裡就結束了嗎？」

看到螢幕轉暗，燈里望向坐在身旁的蒼太問道。

「雖然劇本裡頭已經有明確的結局了，但春輝堅持說要看到妳的畫再繼續拍攝，完全不肯讓步呢。」

「……這樣啊，說得也是。對不起，讓你們一直等。」

「一……一點都不會！我沒有要催促妳的意思，所以……那個……」

蒼太臉色蒼白地不斷搖晃雙手。

面對蒼太的溫柔，讓燈里更有種愧疚感。

「有缺什麼材料的話，請儘管跟我們說喔！例如顏料之類的。」

不知道是怎麼看待燈里的沉默，蒼太再次丟了話題過來。

但內容實在跟剛才相差太遠，讓燈里花了一點時間才理解他的意思。

「……呃，我會用美術社提供的材料，所以沒問題。」

「啊，所以，我想說……如果美術社的材料不夠了，我們可以幫忙跑腿買回來。」

「這樣啊，謝謝你。」

answer 4
～答覆4～

（望月同學真的好溫柔喔～）

自從放學後在教室被他告白以來，燈里和蒼太對話的次數也增加了。

他們有時會一起去蛋糕店，有時則是由蒼太推薦燈里好吃的拉麵店。儘管兩人的距離似乎拉近了，但對彼此一直有所顧忌的感覺卻也確實存在。

在那之後，蒼太未曾再對燈里說「我喜歡妳」或是「請跟我交往」之類的話。

燈里甚至開始認為當初那個或許不是告白。

（雖然很在意，但刻意問他好像又怪怪的……）

燈里悄悄朝蒼太瞄了一眼。後者或許是察覺到她的視線，於是轉過頭來。

兩人在瞬間四目相交。下一瞬間，蒼太從椅子跌到地上。

「望……望月同學！你沒事吧？」

「對……對不起……！」

蒼太慌慌張張起身，然後用幾乎能讓腰椎折斷的力道猛地朝燈里鞠躬。

雖然不知道他為何要向自己道歉，但至少蒼太看起來沒有受傷。

就在燈里為此鬆了一口氣的下一秒，蒼太再次做出「如果我一直待在這邊，妳會無法專注吧」的衝擊性發言。

「……咦？」

為什麼剛才的事情，會讓他得出這樣的結論？

儘管燈里完全無法理解，但蒼太仍自行認定事實就是如此。坐立不安的他，現在臉頰和耳朵都紅通通的。在半空中游移的視線，不再投向燈里身上。

（雖然搞不太清楚，但我得澄清誤會才行……！）

看到燈里從椅子上起身，蒼太輕輕「哇」了一聲，然後衝向準備室的大門。

燈里還來不及阻止，他便像是逃命般飛也似地跑走了。

「我……我先告辭啦啊啊啊～！」

聽到蒼太宛如慘叫聲的吶喊迴盪在走廊上，燈里不禁愣愣地瞪大雙眼。

answer 4
～答覆4～

「……我做錯什麼了嗎？」

反覆將電影看過好幾次之後，燈里現在莫名想要畫畫。
但她發現自己將素描本忘在教室裡，連忙跑回去拿。
（我想快點把這一刻的心情畫出來啊……！）

「呀啊！」

因為太心急，讓她在沒有任何障礙物的平地絆了一跤。
燈里踉蹌地扶上牆壁，結果跟從樓梯走下來的蒼太對上視線。

「望……望月同學……」

（被他看到令人難為情的樣子了……）

燈里隨即垂下頭，蒼太慌張的嗓音從一旁傳來。

「不……不是的！我不是追著妳過來，是在找春輝……！」

聽到出乎意料的發言，燈里再次抬頭望向蒼太。

他漲紅著臉，同時拚命搖晃雙手。

（他說他在找芹澤同學……）

燈里想起從夏樹口中聽說過的事情，不禁開口詢問：

「難道，芹澤同學又不見人影了嗎？」

「沒……沒錯！呃，妳說『又』？難不成春輝四處亂晃的習慣很有名？」

「有不有名我也不清楚，但我是聽小夏說的。她說芹澤同學在創作遇上瓶頸時，就會一聲不響地離開，然後在學校到處走來走去，還說這樣跟我很像呢。」

所以，我才會對這件事印象深刻——笑著這麼說的時候，燈里發現蒼太臉上浮現了難以言喻的表情。

「望月同學……？」

自己是否又在不知不覺間搞砸了眼前的狀況？

燈里戰戰兢兢地想再多說些什麼，蒼太卻先帶著笑容開口了。

「我也覺得妳跟春輝有很多相似之處呢，早坂同學。有機會的話，或許可以好好跟他聊一下喔。你們倆都是天才型的人，應該能夠理解彼此的想法才是。」

燈里不知該如何回應，只能含糊地點點頭。

（能跟芹澤同學一起聊創作的事，固然令人很開心……）

她明白蒼太想要表達的意思，卻覺得「天才型」一詞令人有點在意。

最重要的是，她察覺到蒼太的笑容之中，藏著若隱若現的落寞陰影。

在持續的沉默中，回過神來，兩人已經抵達了教室外頭。

（如果芹澤同學不在教室裡，望月同學應該會再去別的地方找他吧？）

自己是不是也幫忙一下比較好？

正當燈里猶豫是否該對走在半步前的蒼太開口時，跟自己只距離半步的他突然停下腳步。

「妳或許是誤會什麼了吧，我喜歡的可不是那傢伙……」

不可能聽錯。

這個聽起來充滿自信又嘹亮的聲音，是來自春輝。

（他跟誰在一起呀……？）

在好奇心的驅使下，燈里不禁探頭朝教室內部偷看。

（……小夏？）

燈里揉了揉自己的眼睛，但那個人的確是夏樹沒錯。

沒想到，現在跟春輝面對面的人，不是燈里原本猜想的美櫻，竟然是夏樹。

在一次深呼吸之後，春輝繼續往下說：

「我喜歡的人……是妳。」

下一刻，燈里雙腳一軟，肩膀也不小心撞上教室大門。

answer 4

～答覆4～

門板「喀噠」地重重搖晃了一下，讓教室裡的夏樹和春輝像是觸電般地轉過頭來。

「來這邊。」

蒼太在燈里的耳畔輕聲說道。

燈里點點頭，身體卻不聽使喚。

「……請把手借我一下喔。」

蒼太或許是發現了她的異狀，溫柔地拉著她的手離開。

遠離大門處的兩人，將背部倚上窗邊的外牆。

從教室朝外望的話，這個位置或許是視線的死角吧。春輝和夏樹並未察覺到他們。

「……是風吹的嗎？」

「大概吧。」

燈里腦中一片空白，呆滯地聽著不知是夏樹還是春輝的笑聲。

「我們悄悄離開這裡吧。」

燈里無語地點頭，在蒼太牽引下踏出步伐。

蒼太比外觀更來得骨感的手，將燈里的手完全包覆住。

（是男孩子的手呢……）

步下一道階梯後，蒼太緩緩止住腳步。

「走到這裡，應該暫時可以放心了吧。」

燈里沒有回應，只是一直盯著蒼太的手瞧。

察覺到燈里的視線聚焦處後，蒼太輕輕「啊！」了一聲，連忙鬆開自己的手。

「那個……我……呃呃……早坂同學？」

低垂著頭的燈里，看不見蒼太的表情。

不過，呼喚自己的這個聲音，摻雜著擔憂的情緒。

（……如果老是悶不吭聲，會讓望月同學困擾的……）

燈里深呼吸一口氣，然後抬起頭來，試著對蒼太露出笑容。

「嚇我一跳呢。原來芹澤同學喜歡……」

原本想接著說出「喜歡小夏呢」幾個字的燈里，瞬間發不出聲音。

倘若春輝喜歡的人是夏樹，那美櫻又該怎麼辦呢？

「這樣啊，果然是我誤會了嗎……」

「咦？」

蒼太以似乎在按捺某種情緒的表情望向燈里。

可是，當燈里和他四目相接時，蒼太卻又勉強堆出笑臉。

（望月同學誤會什麼了？）

目睹告白對象是夏樹一事，發現自己誤會了春輝真正喜歡的人——如果他是指這件事，那麼燈里過去也有著相同的誤解。倘若真是如此，蒼太臉上又為何會浮現受傷的表情？

「那個……你說的誤會是指……？」

燈里鼓起勇氣開口詢問，但蒼太只是回以苦笑，並沒有回答。

既然對方不願意說，那也無可奈何。儘管內心這麼想，燈里卻莫名在意。

（太執拗地追問並不好，可是……）

正當她試圖思考該怎麼問出口的時候，蒼太突然轉身背對燈里。

「……對不起。我想起自己還有些事情要做，所以我今天就先回去嘍。」

語畢，不等燈里回應，蒼太便邁開步伐跑遠。

原本被他牽引的那隻手浮在半空中，然後無力地垂下。

獨自留在原地的燈里，緩緩抬頭望向天花板。

夏樹他們所在的教室，是不是就位於這上頭呢？

「……怪了，我怎麼流眼淚了呢？」

answer 4
～答覆4～

沒有聽眾的低喃聲，默默消失在冰冷的走廊上。

窗外的夕陽逐漸和夜空融為一體。

不同於夏天充滿活力的空氣，帶著些許寂寥的秋天夜晚的氣味傳來。

ayasaka
早坂燈里
生日／12月3日
射手座
血型／O型
美術社社長。
繪畫比賽的常勝軍。
雖然相當受男孩子歡迎，
但其實個性很怕生，
對「戀愛」沒有半點頭緒。

answer 5

～答覆5～

answer 5 ～答覆5～

「哎呀，早坂同學，今天只有妳一個人嗎？」

「…………」

「早坂同學～？妳的手機一直在響喲。」

「……咦？哇啊！」

突然被人從背後拍肩，讓燈里嚇了一大跳，手中的畫筆也跟著掉到地上。出聲呼喚她的松川老師似乎也為此吃了一驚。她圓瞪著雙眼問道：

「對……對不起！妳還好嗎？裙子有沒有沾到顏料？」

「是……不好意思，我剛才在發呆……」

看著一邊道歉一邊拾起畫筆的燈里，老師帶著苦笑再次提問。

「難道在我拍妳的肩膀之前，妳都沒聽到我說話的聲音？」

「是這樣嗎？」

燈里對這些指摘渾然不覺，只能老實地露出困惑的表情。

看到她的反應，老師的苦笑顯得愈來愈無奈。

「妳的集中力真是不得了呢。不過，這樣的話，放妳一個人獨處，就更令人擔心嘍。今天怎麼沒看到榎本同學跟合田同學？我剛才好像有聽到她們的聲音嘛。」

「小夏今天預約要看牙醫，美櫻則是跟芹澤同學一起回去了。」

說著，燈里的胸口浮現被狠狠拉扯的錯覺。

能久違地看到春輝和美櫻一起聊天的身影，應該讓她很開心才對。這代表他們之前會錯過彼此，只是因為社團活動太忙碌而已——燈里原本可以放下心中的一塊大石才對。

但是她目擊到了關鍵性的那一幕。

（雖然我沒聽到小夏的回答，但芹澤同學他……）

「……這就是電影研究社委託妳的那幅畫嗎？」

不知何時，松川老師將視線從燈里身上移往她的畫布。

燈里也跟著望向逐漸脫離草稿階段的畫作。

被數種顏色妝點的這個世界，有著身穿立領制服的男學生眺望窗外的身影。

剛開始作畫時，燈里畫的原本是眺望著盛開櫻花的少女。但在蒼太讓她看過未完成版本的電影後，燈里捨棄了原本的草稿構圖，改畫上這名男學生。

（倘若我是電影裡頭的「她」，一定會這樣畫。）

影片中的女主角馬上就要和喜歡的人分離了。

在這種情況下描繪出來的作品，想必會是自己最喜歡的場所，再加上最喜歡的人吧。

因為，想完成這幅畫，就需要強烈的感情。

「是一幅引人唏噓的畫呢。」

不知眺望了多久後，松川老師淡淡道出自身的感想。

平時，燈里鮮少針對自己的作品表達看法，但基於今天沒有其他社員在場，所以她開口了。

「……其實，我也想在這幅畫裡頭加入『希望』。」

面對燈里罕見的反應，老師也微微睜大雙眼。

不過，她沒有繼續追問什麼，只是以一句「是啊……」回應。

「既然這樣，妳可得替它找到希望才行喔。」

燈里一時無法出聲回應。

然而，在老師溫暖的眼神鼓勵下，她還是以沙啞的嗓音出聲詢問：

「老師認為我也找得到嗎？」

「當然嘍。」

老師的這句肯定著實有著份量。

除了比燈里經歷過更多的年歲以外，曾受她指導的學生投注於作品的時間，或許也全都融入了這句話當中。

「……那麼，老師要去準備室埋頭工作了。妳可別待到太晚嘍。」

「好的，謝謝老師。」

目送老師打開室內門踏入隔壁房間後，燈里拾起擱置在木工桌上頭的手機。

手機指示燈不斷閃爍著。

她打開手機確認，發現有一通未接來電，還有語音信箱的留言。

「是媽媽。發生什麼事了嗎……？」

按下收聽留言的按鍵後，燈里隨即為留言內容發出歡呼聲。

「哇，媽媽買了星屋的蛋糕耶！」

這間蛋糕店，是暑假結束那陣子在車站附近新開幕的。這樣的地理優勢，讓它隨即成為話題店家。

至於蛋糕的評價，無論外觀或味道都是一級棒。自從跟蒼太一起去吃過一次之後，燈里就完全成了這間店的粉絲。

「好～再稍微畫一下就回家吧～」

「小雪～你跑到哪裡去了呀～？」

「那邊呢～？有找到他嗎～？」

握拳讓自己鼓起幹勁的同時，燈里聽到從走廊上傳來的奔跑聲，以及女生們略顯焦急的聲音。

（她們說的小雪，是指綾瀨同學吧……？）

夏樹都稱呼他為「戀雪同學」，不過，燈里知道有部分同學會稱呼戀雪為「小雪」，而且不分男女。

每次被人這麼呼喚，戀雪本人都會開口訂正「我叫做戀雪」。所以，他恐怕不太喜歡這個暱稱吧。

那些女孩子應該也明白這一點，卻還是不肯改口。

（難道她們在意的只有綾瀨同學的外表嗎……）

「他大概已經回去了吧？」

「怎麼辦？要再去花壇那邊找一次嗎？」

「呃，再回去那邊太麻煩了啦……」

那些女孩子或許剛好在美術室外頭停下腳步。因此，她們的對話讓燈里聽得一清二楚。

（原來如此。她們其實並不想幫園藝社的忙吧……）

在放學後，隸屬於園藝社的戀雪都會到中庭或運動場的花壇去照顧花草。

得知這個情報的女孩子，經常會把握機會過去和戀雪攀談。這樣的場景，燈里也不經意地從美術教室的窗戶目睹過好幾次。

在暑假前，她們多少會幫忙戀雪一起照料花草。但最近則不太一樣。

（比起幫忙，她們其實更想專心和綾瀨同學聊天吧。）

戀雪似乎也是了解到這一點，所以才開始躲避這些女孩子。之前，燈里就曾經看到戀雪在女生陣營離開後，又悄悄回來繼續照顧花草。

今天，他或許也會等到女孩們放棄你追我跑之後，再續行社團活動吧。

外頭傳來眾多腳步聲通過走廊的聲音。女生陣營大概打算收兵了。

answer 5
～答覆5～

燈里透過門板上的玻璃窗眺望她們的身影。

（……那些人或許並不是在談戀愛呢。）

和夏樹或美櫻相較之下，她們的好感顯得很表面。

戀雪可能也有察覺到這個事實，才會避不見面。

打算轉身背對教室大門時，燈里發現有個輕飄飄的東西在視野一角晃動。

（咦？那個背影好像是……）

看起來柔軟的髮絲，從走廊上的柱子後方露出來。

環顧周遭，確認女生陣營已經離開之後，本尊終於從柱子後方現身。

（果然是綾瀨同學！）

戀雪已經換上一身運動服，應該是打算現在再過去社團吧。

（好偉大喔～不管發生什麼事，他都不會丟下照顧花壇的工作呀……）

望著戀雪的背影，燈里感覺胸口湧現一股暖流。

（感覺好像被他鼓勵了呢……嗯？）

在數度深呼吸之後，戀雪突然轉換方向，朝著美術教室走過來。

兩人的視線透過門板上的玻璃窗相交，讓燈里不禁輕輕地「哇！」了一聲。

「不好意思，我嚇到妳了。」

「不……不會……」

對話到此結束。戀雪轉身準備離開。

（他到美術教室來，是不是有什麼事呢……？）

感到不解的燈里打開教室大門，喚住再次踏出步伐的戀雪。

「等一下，綾瀨同學！你是來找誰的嗎？」

「……我忘記把漫畫還給榎本同學了。不過，看來她今天不在這裡。」

（啊，所以他才會從大門上的玻璃窗窺探教室裡頭嗎？）

戀雪小心翼翼地將一個紙袋揣在懷中。裡頭裝的或許就是夏樹的漫畫吧。

燈里猶豫了片刻，決定插手幫這個忙。

answer 5

～答覆5～

「不嫌棄的話，我替你還給她吧？」

在暑假結束後，燈里察覺到了夏樹和戀雪之間不太自在的氣氛。

雖然他們仍持續著互相借閱漫畫的交流，但兩人之間總有種格外生疏的感覺。

（小夏跟瀨戶口同學相處的氣氛也有點尷尬，再加上她還被芹澤同學告白了……）

要是跟戀雪之間又發生過什麼事，想必會讓夏樹陷入心力交瘁的狀態吧。

「我還有些話想跟她說，所以我自己還給她好了。」

你想跟她說什麼？

儘管內心湧現這麼問的衝動，但這或許是只屬於夏樹和戀雪兩人的祕密吧。

看到戀雪眼中無法動搖的堅強意志，燈里默默嚥下原本浮現的疑問。

「……這樣啊。對不起喔，又把你叫住。」

「不會，謝謝妳。」

朝燈里輕輕一鞠躬之後，戀雪往走過來的方向折返回去。

「……戀雪學長……」

那是個十分細微的嗓音。

燈里東張西望地尋找聲音來源，發現有個從樓梯走下來的女孩子凝視著戀雪的背影。

（我好像在哪裡看過這個女孩子……？）

因為她不是穿著學校的室內鞋，無法判斷學年，但這個女孩子給人略為稚嫩的感覺。

或許是跑步過來的吧，每當她喘氣的時候，後腦杓那兩撮短短的髮束便跟著搖晃。

（她……在談戀愛嗎？）

少女凝視著戀雪的視線，蘊含著一種苦澀和熱度。

跟夏樹或美櫻一樣，那是一雙戀慕著某人的眼睛。

「……啊，我知道了！」

燈里為了毫無預警的情況下降臨的「答案」發出驚叫聲，然後再次面對畫布開始動筆。

為了描繪佇立在畫中的少年的髮型。

answer 5
～答覆5～

在恰到好處的階段結束作畫後，燈里踏上通往車站的坡道。

在已經冷到讓人打哆嗦的這個季節，圍巾成了每個人的必備品。燈里用圍巾在頸子周遭圍起厚重的防禦壁，將鼻尖埋入溫暖的毛線之中。

（……那個女孩子不會冷嗎？）

走在前方的女孩子，不知為何沒有圍圍巾，而是將它拿在手上。

看她雙肩不斷起伏的樣子，或許剛才是在跑步吧。

因為燈里走路的速度比較快，一下子就追上那個女孩的腳步。

「咦，美櫻？」

走到距離對方數公尺的位置後，燈里才發現前方的女孩子是美櫻。

聽到燈里的聲音，美櫻的肩膀抽動了一下。

不過，也僅止於此。她沒有出聲回應、沒有轉過頭來，也不願停下腳步。
雖然覺得不太對勁，燈里仍小跑步來到美櫻身邊。

「美櫻，我們一起回家吧～？」
燈里從旁窺探美櫻的表情，然後瞬間啞然。
淚水不斷從美櫻的眼眶溢出，沾濕她凍到發紅的雙頰。

「不是……我……」
美櫻哽咽著喃喃開口。
燈里輕輕將雙手繞到她的背後，支撐彷彿即將哭倒在地的好友。

「他說有喜歡的人了……」
燈里直覺判斷美櫻所指的人是春輝。
足以讓她悲傷落淚的，也只有和春輝相關的事情了。
（而且，美櫻說他有喜歡的人……）

燈里回想起那天，春輝在放學後的教室裡向夏樹告白的身影。

感覺到胸口有如被針扎般刺痛的燈里，點點頭「嗯」了一聲。

「我只是在自作多情。」

「…………」

其實，燈里很想對她說「沒有這回事」。

不過，美櫻恐怕並不想聽到這種半吊子的安慰吧。

燈里不禁緊緊咬住下唇。

「可是，我不想放棄。」

「……嗯，我知道。」

這不是在安慰對方，也不是單純的回話。只是因為燈里認為美櫻的心意想必相當明確，所以才這樣回應她。

不是「我無法放棄」，而是「我不想放棄」。

這句話裡頭有著美櫻無法動搖的意志。

（我能夠做到的，就只有在一旁替她加油打氣了……）

於是，燈里深吸一口氣，然後盡可能以開朗的嗓音表示：

「對了，我家有蛋糕喲！」

「咦？」

抬起頭來的美櫻，眼角仍泛著淚光。

燈里佯裝沒注意到這點，帶著笑容繼續開口。

「是車站附近那間星屋的新產品喔！妳要吃嗎？」

「我……我要吃～！」

或許覺得再哭下去也不是辦法吧，美櫻舉起雙手緊緊握拳。

「今天放縱自己吃一些甜食，應該也沒關係吧。」

看到美櫻轉身，燈里眼前的景象突然模糊起來。

感覺到眼角湧現微微的熱度，她連忙趁美櫻不注意時垂下頭。

（討厭，我又……為什麼會哭出來呢……）

「燈里～？」

聽到走在前方的美櫻呼喚，燈里連忙抹了抹眼角。

她抬起頭，發現美櫻這時剛好轉過身來。

（不要緊……應該沒被看到吧？）

「來，快點快點～！蛋糕可不會等人呢。」

「……啊哈哈！那我們就來比賽，看誰先跑到車站吧。」

answer 5
～答覆5～

隔天，燈里在通往車站的坡道全力衝刺。

距離夏樹踏出美術教室，尚未經過太長的時間。只要現在追過去，一定能追上她。

（小夏……小夏……！）

燈里發出不成聲的聲音，不斷呼喚著夏樹。

自己也覺得相當不可思議，但不知為何，燈里認為現在非得追上夏樹不可。

在比賽結果發表沒多久之後，夏樹便從美術教室裡消失了蹤影。

不同於昨天，美術教室擠滿了社員。燈里等人也同樣在裡頭等著松川老師的到來。那時，所有人都共同感受著獨特的緊張感。

而將這樣的立場劃分的原因——

（不管經歷幾次，這個瞬間依然令人坐立不安呢。）

在眾人七嘴八舌討論的空間裡，燈里悄悄嘆了一口氣。

她知道自己被周遭的人譽為比賽的常勝軍，儘管如此，並不代表燈里就不會緊張。反而應該說她幾乎要被旁人的期待壓垮了。

然而，她不能表現出不安的情緒。

因為，即使燈里並沒有這個意思，仍會有人誤解她是在裝模作樣。

國中時，她有過好幾次這類的失敗經驗。在升上高中後，燈里終於學會如何若無其事地度過這段時間。只要笑著保持緘默，就不會受到責難。

教室大門喀啦一聲被打開，松川老師跟著現身。

她滿面笑容的反應，透露出有社員獲獎的好消息。

「早坂同學、合田同學，恭喜妳們！」

結果，燈里摘下了最優秀獎，美櫻的作品則是被列為佳作。

answer 5
～答覆5～

社員們一口氣湧向張貼在黑板上的入選名單。

「學姊，恭喜妳們。我就知道妳們絕對會入選呢！」

「這樣一來，連續獲獎的紀錄又更新嘍～」

「對了，以前也有過社長和副社長同時摘下金銀雙冠的紀錄對吧？」

可愛的學弟妹們紛紛對燈里和美櫻獻上祝賀。

像他們道謝的同時，燈里發現夏樹獨自佇立在一段距離之外。

她稍微遠離包圍燈里和美櫻的人牆，凝視著黑板上的入選名單。

最後，她抬頭仰望天花板，然後突然轉身背對黑板。

（……咦？）

原本以為夏樹只是走回自己的座位，沒想到她接著開始收拾東西。

隨後，她揹起書包，快步往美術教室的大門走去。

「小夏？妳要去哪裡？」

自己純粹是因為不解而喚住她，但對夏樹來說，燈里的行為或許只會讓她困擾。

在片刻微妙的沉默後，夏樹頭也不回地答道：

「我要去看牙醫！」

「咦？可是妳昨天也……」

儘管已經反省過，燈里卻又不自覺地多問了一句。

但她沒能說完整句話。

「抱歉，我得走嘍！」

夏樹提高音量回應，然後像是逃跑般衝出美術教室。

「小夏！」

燈里又開口呼喚她一次，但夏樹並沒有因此停下腳步。

遲疑了好一陣子之後，燈里現在正在拚命追趕她的身影。

answer 5
～答覆5～

（小夏會不會已經坐上公車了呢……？）

自己或許也在下一個車站搭公車比較好？

不過，直接追到人家的家門口，也讓燈里有些抗拒。

在她逐漸放慢腳步，思考接下來該怎麼做的時候，燈里瞥見前方有個熟悉的背影。

（那個書包，還有那個髮型……）

看到對方頂著澎鬆、巨大而圓滾滾的包包頭，燈里確定那就是夏樹。

她讓疲憊不已的雙腿再次使力，然後從丹田發出吶喊。

「小夏！」

聽到燈里的呼喚，夏樹這次沒有逃避。

但也不願轉過頭來。

「太好了，終於追上妳了……因為我還是想跟妳一起回去呢。」

聽到燈里氣喘吁吁地這麼表示，夏樹以有氣無力的聲音回應她。

「……只有妳嗎，燈里？美櫻呢？」

「因為芹澤同學過來找她，她就去電影研究社那邊幫忙了。」

「這樣啊……」

「嗯。」

（噯，小夏。為什麼妳不肯轉過來看我呢……？）

因為很想看看夏樹的臉，燈里便繞到她的正面。

或許是燈里的行動太過突然，夏樹並沒有別過臉去。

「小夏，妳什麼時候要跟瀨戶口同學告白？」

自己脫口而出的台詞，完全出乎燈里的意料。

而夏樹也一臉傻眼的反應，只是無語地回望著她。

雖然很想當作沒說過這句話或是臨時轉移話題，但燈里最後仍捨棄了這些想法。

（這次就不要蒙混帶過了吧。這不是我一直都想問她的問題嗎？）

為了做出更關鍵的提問，燈里奮力站穩自己的腳步。

「咦？還是妳已經跟綾瀨同學開始交往了呢？」

「……為什麼妳要問這種事？這跟妳無關吧？」

夏樹先是微微睜大雙眼，隨後，又像是瞪著燈里般瞇起眼睛。

生氣是再正常不過的反應了。若是站在夏樹的立場上，燈里覺得自己同樣也會感到不愉快。

（可是，我認為有些東西是小夏看不到，但我卻看得到的。）

燈里垂下眼簾，盡可能壓抑著自身的感情起伏開口。

「小夏，我好像愈來愈不懂妳了呢……妳喜歡瀨戶口同學，而且除了告白預演以外，也打算某天要真的跟他告白。可是，妳卻又跟綾瀨同學約會不是嗎？」

「我都說那不是約會了嘛！」

「可是，美櫻有說過，綾瀨同學或許是那麼想的喲。」

「什……！」

燈里一股腦兒地道出自己的想法，連美櫻的名字都祭了出來。

夏樹似乎因此受到了相當大的衝擊，她的雙眼透露出驚慌失措的反應。

或許是淚腺也跟著作用起來，夏樹隨即從燈里眼前別開臉。

「……我怎麼知道啊。戀雪同學他真的完全沒提……」

「小夏，妳太狡猾了！妳也打算用這種態度，裝作沒有察覺芹澤同學的心意嗎？」

這或許是燈里生平地一次打斷別人說話。

內心情感一口氣爆發出來的她，忍不住放聲吶喊。

燈里的嗓音顫抖著，視野也逐漸扭曲。

「……燈里……？」

answer 5
～答覆5～

原本別開臉的夏樹，現在對她投以困惑的視線。

初次目睹表現出這種態度的燈里，似乎讓她感到不知所措。

（沒錯。我一直都……過分顧慮小夏跟美櫻的感受……）

「顧慮對方」是比較好聽的說法。實際上，燈里或許是自行拉起了一道防線。

她讓自己隨時隨地露出笑容，不讓這兩人看到自己生氣或哭泣的表情。

因為，這麼做的話，頂多只會讓人苦笑著說她粗神經，而不會有更糟糕的情況發生。

（我明明……沒有這麼做的打算啊……）

燈里只是想聽夏樹說出自己真正的心意，並不想讓她悲傷難過。

再加上自己現在又哭了出來，這樣一來，恐怕會讓生性溫柔的夏樹自責吧。

「我認為自己有時的確很狡猾。」

如同燈里內心的憂慮，夏樹帶著痛苦的表情開口了。

燈里慌忙想要否定這點，但還是慢了一步。

「可是，這跟春輝有什麼關係……？」

不過，接下來的發言，並不是夏樹責備自己的內容。

為此鬆了一口氣的燈里，吸著鼻子喃喃回答她：

「能讓芹澤同學說出『喜歡』的人，就只有妳呢。」

「……咦？」

看來，夏樹似乎不明白燈里所指的是什麼。

看到她因為試圖回想，眼神也跟著在半空中飄移不定的反應，燈里又脫口而出。

「小夏，妳別再打馬虎眼了，說出真相好嗎？不管是美櫻還是我的畫作，到頭來，都沒能讓他說出『喜歡』呢。」

「…………咦？」

站在燈里的立場，她是鼓起勇氣傾訴出內心的想法，然而，夏樹的表情卻變得愈來愈茫然。

這個話題或許就此打住比較好。

儘管這樣的想法瞬間從腦中閃過，燈里仍無法制止自己繼續說下去。

「在創作電影用的那幅畫時，我也思考了很多事情，戀愛是什麼？是在何種心境下的感覺？然後我發現，對我來說，那跟我在畫圖，或是看到喜歡的畫作時湧現的感情，或許是相同的東西。」

一股腦兒地說完內心的想法之後，熱度也同時朝燈里的臉頰集中。

（拜託妳說點什麼吧，小夏……！）

燈里有些自暴自棄地在內心如此祈禱之後，她看到夏樹抱頭低喃著「咦？咦？」的反應。

隨後，夏樹用手指著燈里，像是確認般地開口。

「燈里，妳是因為春輝說他喜歡我的『畫作』……」

「他喜歡小夏的畫對吧？」

「原……原來是指那個喔～……」

說著，夏樹全身無力地癱坐在地上。

（她說「原來是指那個」，或許就是我想的那樣……吧？）

夏樹八成是誤以為「被春輝告白時，燈里也在現場」這樣。

雖然這完全不是誤會，但燈里並不打算承認這件事。

因為她還有其他必須保守的祕密。

「嗯？不然還有其他意思嗎？」

燈里彎下腰窺探夏樹的臉龐。

後者原本一臉欲言又止的表情，但最後，她露出笑容問道：

「……燈里，妳覺得我的畫如何？」

「我很喜歡啊。最喜歡了。」

語畢，燈里才眨眨眼「咦？」了一聲。

這麼說來，春輝也曾稱讚過夏樹的畫作。

他所謂的「喜歡」，難道不是針對夏樹本人，而是針對她的畫作？

（難道小夏想隨便帶過這件事嗎……？）

燈里靜靜地凝視著夏樹，結果後者以皺成一團的表情再次笑著說道：

「……我也喜歡妳的畫喔。我很憧憬畫中那種其他人所沒有的世界觀。我同樣喜歡美櫻精緻又細膩的畫，讓人想一直欣賞下去。」

（好丟臉啊……我怎麼會懷疑她呢？）

春輝的確和夏樹告白了。

不過，燈里並不知道夏樹是否把他的告白當真。

在明白美櫻對春輝抱持著好感的情況下，夏樹至今仍維持著一貫的態度。

這正是內心坦蕩蕩的表現。

「小夏！小夏～！」

燈里不禁上前緊緊抱住夏樹。

「哇啊！等等，燈里……好難受……」

「……對不起，我剛剛的說法很壞心。」

不停湧出的眼淚，讓燈里說出最後幾個字時帶著濃濃的鼻音。

儘管肩膀被淚水沾濕，夏樹仍同樣緊緊地擁住燈里。

「該說對不起的人是我才對呢。」

（小夏明明一點錯都沒有啊……）

那麼，有錯的人究竟是誰呢？

大家都只是因為戀慕著某人，而讓最珍貴的心意相互交錯、遠離罷了。

燈里也不例外。

現在，她一想到春輝，就會覺得胸口湧現一股痛楚。

燈里不明白該如何定義這樣的感情，只知道自己純粹很在意這個人。

（正因如此，才會痛苦又落寞……卻也逃避不了。）

美櫻說她不想放棄。

春輝向夏樹坦白自己的心意，而夏樹至今也默默喜歡著優。

無人知曉這些錯綜複雜的感情未來將何去何從。

（我也得好好答覆望月同學才行……）

就算蒼太已經不再等待她的答覆，燈里仍開始湧現「想要回應他」的想法。

這天，是晴朗的秋日。坡道上仰頭可見萬里無雲的天空。

整片澄澈的藍，彷彿能將燈里的煩惱全部吸走一般。

Aida
answer 6
~答覆6~

生日／3月20日
雙魚座
血型／A型

美術社的副社長。
腳踏實地的努力派，
是燈里和夏樹的好友。
放學後總是跟春輝一起回家，
但並未向他表明自身的心意。

answer 6 ～答覆6～

（這是怎樣……這是怎樣……這是怎樣……這是怎樣……！）

為了在腦中重複播放的影像煩躁不已的蒼太，踩著樓梯往上奔跑。

他穿越走廊，冷不防地打開社團教室那扇年久失修的大門。

「喔……喔哇！」

獨自留在教室裡的優似乎嚇了一大跳，手中的劇本也跟著掉到桌上。

他詫異地眺望著蒼太上氣不接下氣的模樣，又像是在尋找什麼似地望向蒼太的身後。

「你好快喔……咦，春輝沒跟你一起？」

蒼太點了點頭。

還沒調整好呼吸的他，就連想出聲說話都有困難。

answer 6
～答覆6～

約莫在十分鐘前，蒼太從教室出發，前往尋找原本只是要去自動販賣機買東西，卻遲遲沒有回來的春輝。

他在半路遇到燈里，然後——

前一刻的影像再次在腦海閃過，讓蒼太不禁緊緊咬唇。

（要告訴優……還是瞞著他呢……怎麼辦……）

儘管大腦仍在猶豫，在得出答案前，自己的嘴巴卻先動了起來。

「你……你你……你冷靜聽我說。」

說出來了。

既然已經說出口，那也沒辦法。更何況，依照自己的個性，蒼太很難一直佯裝不知道這回事。

而且，優的直覺很敏銳。就算他隨便蒙混過去，也只會被看穿而已。

看到優朝自己點點頭的反應，蒼太下定決心開口說道：

「剛……剛才……春輝他……在教室裡……跟夏樹告……告白了！」

這個消息或許讓他始料未及吧。優愣在原地，甚至忘了眨眼。

最後，伴隨細微的痛苦呻吟，再也無法掩飾焦躁情緒的他開始胡亂搔頭。

接著，像是要摒除無處宣洩的滿腔怒意般，優狠狠地咋舌，並咒罵了一聲「可惡」。

（優一定會就這樣直接抹煞自己的感情吧。）

在蒼太那雙怒意逐漸升溫的眸子裡，眼前的兒時玩伴看起來相當成熟。

同時，卻也讓他覺得非常孩子氣。

「……優，感覺你事情都只做一半呢。」

蒼太的低喃似乎也傳入了優的耳中。

後者愣愣地「咦？」了一聲，然後緩緩望向蒼太。

（他果然在生氣嘛。）

蒼太聳了聳肩，然後一鼓作氣地道出語帶責備的意見。

「煩躁、咋舌、亂搔頭髮，然後就結束了？你應該更順著自己的情緒嘶吼出來才對啊。你大可吶喊『開什麼玩笑！』啊。你就這麼害怕表現自我嗎？」

蒼太的這番話，比被稱為「黑色望太」時更不留情面，而且還帶著挑釁意味。

相較之下，優似乎是冷靜下來了。他以淡淡的語氣回應道：

「……就算我這麼做，已經發生的事情也不會有任何改變。」

「說得也是。可是，你悵然若失的心意又該何去何從呢？」

「天知道。之後總會消失吧。」

面對優輕描淡寫的態度，蒼太沒有就這樣放過他。

「並不會消失，只會在內心深處累積起來喔。連你本人都企圖無視，這份心意感覺好可憐呢。」

這次，優的眼神透露出動搖。

隨後，動搖彷彿擴散到全身各處，讓他無力地垂下頭來。

「……不然，我該怎麼做才好啊……」

聽到優快要哭出來的沉痛嗓音，蒼太感覺自己的心臟有如被貫穿一般痛苦。

（我在幹嘛啊……這樣根本是把優當成出氣筒了嘛。）

沒錯，這完全是在推卸責任。

目擊春輝對夏樹告白的當下，蒼太腦中一片空白。

下一刻，不知道燈里對這一幕作何感想的他，開始湧現不安的情緒。而在看到燈里動搖的反應後，蒼太再次受到打擊。因為他理解到自己果然會錯意的事實。

（雖然她沒有對我的告白做出正面回應，但我也不見得被甩了嘛。我們還一起去吃了蛋糕，感覺就像男女朋友的試用期那樣……？）

蒼太將現況解釋為對自己有利的樂觀結論，擅自懷抱著滿心期待。

他把燈里的「不太明白戀愛是怎麼一回事」解讀成「她現在沒有喜歡的對象」，然後

在內心燃起小小的希望。然而——

（我想，這段戀情，或許是在連她本人都沒有察覺到的情況下萌芽的吧。）

目睹春輝關鍵性的告白，讓自己的心意瞬間浮上檯面。

接觸到原本不打算知曉的燈里的真心，讓蒼太不禁湧現這樣的想法——

倘若優能夠早點和夏樹在一起就好了。

如果他們兩個在交往，春輝想必也不會對夏樹告白。

這樣一來——

（現在的情況也會有所不同？真是如此嗎？）

蒼太緩緩走近長桌，將散落在桌面的紙張收集起來。

「是我的話，應該會把現在的心情融入腳本之中吧。」

這句話彷彿是在說給自己聽似的。

不可思議的是，試著說出口之後，蒼太感覺內心的陰霾瞬間一掃而空。

後者以微笑取代說明，然後開始用自動筆在紙上飛快地寫下文字。

優茫然地抬起頭，以疑惑的視線望向蒼太。

「……咦？」

他任憑自己的思緒化為紙張上綿延的字句。

他時而停筆，對寫好的內容劃上兩道刪除線，就這樣逐漸將整張紙填滿文字。

（是嗎……原來如此。這就是我想做的事情呢。）

蒼太一邊感受著優不知所以然的視線，一邊像是想起什麼似地開口：

「接下來是我的自言自語，你聽了就忘記它吧。」

以意外沉穩的語氣這麼表示之後，蒼太不等優做出回應，便繼續往下說。

「我的目標是推薦入學，所以，我常常會去找指導學生規劃生涯的半田老師商量。然後……聽說春輝可能會去美國念大學。」

「啥？」

儘管優以沙啞的嗓音表示疑惑，但蒼太仍自顧自地繼續說。

他道出了那天在教職員辦公室聽聞的一切。

❤

那是蒼太結束面試練習，正在跟半田老師召開反省會的時候。

放學後的教職員辦公室裡充斥著一股獨特的氣氛。蒼太神色緊張地傾聽著老師的評價。

「望月，你的小論文還算不錯啦……」

「謝謝老師！」

蒼太放心的時間相當短暫。下一刻，半田老師便神情嚴肅地看著他的評分表表示：

「嗯，不過，至於最關鍵的面試嘛……」

「我……我試著用嬰兒學步的態度，表現了自己老實忠厚的個性！」

「這方面可得用具體的內容來呈現才行啊。至少也得順暢地說明你選擇這所學校的動機。否則，校內初選或許還過得去，但想要通過大學入學考的關卡，恐怕困難重重喽。」

「是……是的……」

一如老師所說，就算能爭取到校內的推薦名額，但如果無法在大學入學考的會場好好表現，就沒有半點意義了。再加上蒼太很明白自己是一緊張就無法好好說話的類型，因此更令他不安。

（該怎麼辦呢？我來得及應付正式上場嗎……）

在進行這次的模擬面試之前，蒼太也拜託優陪自己練習過好幾次。但在緊張的情緒籠罩下，他總是沒能好好說出自己想表達的意思。

（既然如此，我再試著去拜託其他老師好了。）

他環顧教職員辦公室，然後看到一個披著白袍的高挑身影。

answer 6
～答覆6～

蒼太和明智老師說話的機會遠多過半田老師，而且和他對談時，自己也不太會緊張。想練習如何將自己的意見確實傳達給「大人」，明智老師可說是最佳人選。

（先練習跟明智老師對話，等習慣之後，再拜託別的老師吧！）

當蒼太為了上前委託而踏出腳步時，傳入耳裡的對話讓他止住步伐。

「幹得好啊，芹澤！繼初審之後，你連複審都過關了吶。」

（複審……是指那場影片創作大賽的……？）

這個消息讓蒼太由衷為春輝感到高興，但他心裡總覺得有哪裡不對勁。因為，就連通過初審一事，春輝都不曾告訴他或優。

春輝和明智老師仍持續對話著。他們似乎都沒有察覺到蒼太的視線。

「你是在說哪個比賽？」

「得獎者能夠去美國留學的那個。」

「真的假的！太棒啦！」

看著歡欣鼓舞地舉高雙手的春輝，蒼太有種彷彿在眺望電影中的角色的感覺。

（他問哪個比賽……意思是，春輝參加了不止一場大賽？而且，得獎者竟然還能去美國留學？）

這是蒼太初次耳聞。而且還宛如晴天霹靂。

之前，蒼太跟優聽春輝提及參賽的事時，春輝表示得獎者能獲得一套影像編輯軟體。這個獎項不可能一下子晉級成美國留學的機會。所以，蒼太這才明白，春輝還參加了他和優未曾聽聞的另一場比賽。

「芹澤真是了不起啊。他應該能靠這樣的實力順利進入大學就讀吧。」

聽到身後的半田老師出聲讚嘆，蒼太的肩頭微微抽動了一下。

老師們都知道春輝和蒼太不僅是同社團的伙伴，而且還是兒時玩伴。跟春輝交情深厚的蒼太，不可能沒聽說春輝未來的規劃。

蒼太沒有力氣化解這樣的誤會，只能用僵硬的臉部肌肉勉強擠出笑容。

（春輝瞞著我們……他不只打算離開這塊出生地，甚至還要離開日本……）

answer 6
～答覆6～

在胸中低喃的事實，慢慢侵蝕了蒼太的心。

兩人明明身處同一個房間，只要開口呼喚，對方就能聽到自己的聲音，然而，蒼太卻覺得眼前的春輝莫名的遙不可及。

我被背叛了。

真令人羨慕。

真令人憧憬。

我被獨自拋下了。

我得支持他才行。

各種情緒一口氣湧現，讓蒼太覺得自己彷彿佇立在暴風雨之中。

連站著都有些吃力的他，無言地向老師一鞠躬，然後離開了教職員辦公室。

所以，蒼太並不知道明智老師之後又跟春輝聊了些什麼。

明智老師想必會支持自己的學生前往留學吧。

而春輝一定也會露出一口白齒燦笑。

（明明把我們當成局外人對待……）

♥

優茫然地聽著蒼太陳述這個消息。

蒼太相當明白優現在的心情。畢竟他自己也還無法完全接受事實。

然而，已經發生的事情不會改變，時間也不可能停下腳步。

（等到春天來臨的時候，春輝就要去留學了嗎……）

「這是……怎樣啊……」

優勉強擠出這句話。

之後，看著再也說不出半個字的優，蒼太跟著沉默下來。

（優八成也和我有著相同的心境吧。除了春輝瞞著我們一事以外，還有種被拋在後方的感覺……）

蒼太讓手中的自動筆繼續動作，拚命地追趕自己發現的那道「光芒」。

「……我還沒找到能讓自己這樣傾注熱情的東西呢。」

這不知道是對著春輝，還是對著蒼太道出的感想。

優帶著自嘲的笑容抬頭仰望天花板。

「優，你又來了……你總會莫名貶低自己呢。」

「沒有啊，這是事實……」

看到優聳肩的反應，蒼太投以幾乎能貫穿他的視線。

「我能夠像這樣熱中於撰寫腳本，都是因為有你在背後推我一把。」

「…………啥？」

不是在開玩笑，也不是在演戲，優是真的愣在原地。

「等等、等等，你不記得了嗎？」

開口確認後，蒼太發現優並未回以他原先預想的反應。

蒼太無奈地嘆了一口氣，然後開始遙憶當年。

「——我不像春輝那樣擁有強烈的感性，也不像你這麼擅長安排作業流程，或是有能力在需要幫忙時召集到人馬……我能做的，頂多就是打雜的工作。」

隨後，優像是終於回想起來似地屏息問道：

「我記得你去年好像也說過這種話……？」

「太慢了～看來，你也不記得自己那時說過什麼話了吧？」

看到蒼太刻意對自己投以怨懟的視線，優帶著苦笑回答他。

「你在說什麼啊。你很有撰寫腳本的才華喔，望太。」

優只是重複了當初自己說過的那句話。

不過，這讓他和蒼太都自然而然地浮現了笑容。

「我是個極其平凡的人，沒有什麼特別之處。但即使是這樣的我，還是潛藏著某種才

能。所以，優當然也會有嘍。」

「……我會試著去挖掘的。」

優自己應該也明白，這並非嘴上說說那麼簡單。

倘若是像春輝或燈里那樣耀眼的才能，就算自己沒發現，周遭的人也不會讓他們的天賦被埋沒。

面對他們被發掘出來的光芒，大家都會投以宛如仰望一等星的視線。

（雖然這樣令人很羨慕，不過，如果是優，一定能憑自己的力量找到的。）

這時，蒼太腦中閃過某位導演的名言。

所謂的才能，就是持續保有熱情的能力——

就跟蒼太一樣，優一定也用自己的手掌握住了。

掌握那能夠燃燒自己、絢爛不已的光芒碎片。

answer 6
～答覆6～

在目擊春輝對夏樹告白的那一幕之後，已經過了幾天。

放學後，社團教室裡只有蒼太和春輝，空氣中摻雜著一種難以言喻的感覺。

（……不對，或許只有我這麼想吧。）

為了替補習班在這個週末舉行的全國模擬考做準備，優很早就回去了。

因為這是和重要的兒時玩伴的未來息息相關的大事，蒼太和春輝也爽快地答應他先走一步的要求。不過，蒼太現在卻滿心期望優能夠折返回來。

他朝春輝偷瞄一眼，春輝恰巧也注視著他，讓兩人的視線交會。

蒼太反射性地移開眼神，結果坐在正對面的春輝苦笑著開口問道：

「你幹嘛啊，思春期少年？」

面對這種一如往常的玩笑話，自己只要同樣打哈哈回去就好。

儘管明白這一點，蒼太波濤洶湧的內心，卻讓他道出完全不同的內容。

「——我爭取到校內的推薦入學的名額了。」

「真的假的！幹得好啊，恭喜你。」

「謝謝。不過，你應該……」

「嗯？」

瞥見對方純真而坦率的笑容，蒼太一瞬間支支吾吾起來。

不過，他也不想懷抱著猜忌直到畢業。所以，蒼太最後仍下定決心開口詢問：

「你應該也有什麼事情要報告對吧，春輝？」

「……照話題的發展來看，你應該是指值得慶祝的事情？」

「我想是的。」

或許是察覺到蒼太想問的事情了吧，春輝垂下眼簾，有些尷尬地搔了搔頭。

因為遲疑，他重複了幾次張開嘴巴，然後又閉上的動作。最後，春輝伴隨著嘆息道出事實。

answer 6
～答覆6～

「抱歉。該說是為了討個好兆頭嗎……我原本想等一切正式決定後再告訴你們。」

「……這樣啊。的確，直到最後階段的評選之前，沒人知道比賽結果會如何發展。如果讓大家動輒為自己開心或憂慮，最難受的人應該也是你呢。」

「算是吧。不過，你們能不能接受我這樣的做法，又另當別論了吧？」

春輝以手指指向自己的眉心，露出略為困擾的笑容。

看到對方指摘「你全寫在臉上喔」，無法徹底掩飾自己在生悶氣的蒼太，試著將眉心的皺紋撫平。

「既然你都已經明白了，那我就開門見山地問吧。夏樹要怎麼辦？」

「……真讓人吃驚。怎麼連你都說出跟優一樣的台詞啊，望太？」

真敢講，你明明已經設想過這種狀態了吧。

蒼太按捺住想要這麼開口攻擊春輝的衝動，以平靜的語氣繼續說：

「我不小心看到你跟她告白了。那是怎麼一回事？」

春輝究竟會怎麼回答這個問題呢？

蒼太屏息靜待答案。然而，傳入耳裡的，卻是對方衝擊性的回應。

「噢，我就知道。」

「……啥？」

「因為我那時有看到跟你很像的背影啊。和你在一起的人是早坂嗎？」

「你居然說得這麼若無其事！燈里美眉她……！」

倘若將燈里受到打擊一事說出來，就會讓她的心意曝光。

只有這件事絕對不能做。蒼太這麼想著，勉強嚥下滿腔的怒意。

「我再問你一次。那是怎麼一回事？」

看到蒼太露出犀利的眼神，春輝臉上也收起了笑容。

「是預演啦。畢竟告白會讓人很緊張，不是嗎？所以，夏樹建議我事先練習看看，然後我就拜託她當我的練習對象。只是這樣而已。」

「……什……什麼跟什麼啊！」

看到蒼太不禁吶喊出聲的反應，春輝一臉得意地複述：

answer 6
～答覆6～

「就跟你說是告白預演嘛。」

感到頭開始隱隱作痛的蒼太，忍不住趴倒在長桌的桌面上。

「……所以，意思是……你並沒有喜歡夏樹嗎，春輝？」

「就是這樣吧。」

「那麼，你怎麼不趕快去跟真命天女告白呢？」

「…………」

儘管自己終於將關鍵問題說出口，但現在並不是能毫無顧忌地為此開心的狀態。

兩人之間的空氣開始緊繃，春輝散發出像是刺蝟在警戒的尖銳感。

在這種狀態下，面對友人也無法踏入的區域，蒼太做出了即將越界的行為。

（現在還來得及撤回這個話題……）

不需要急著除去猜疑的種子。隨著時間經過，問題或許自然會解決。

因為愛情而讓友情消逝，簡直愚蠢到極點。

（春輝，我知道這是多管閒事……可是，我也很擔心你呢。）

蒼太隔著制服襯衫按壓自己狂跳的心臟，然後更進一步地拋出質問。

「噢，我懂了。不是不告白，而是無法告白嗎？因為你參加的那場比賽，能夠提供到美國大學留學的機會嘛。」

聽到蒼太刻意強調「無法告白」幾個字，春輝抬起了單邊眉毛。

或許，光是聽到這句話，就讓他識清了蒼太真正的用意。

感到莫名難為情的蒼太，咕噥著繼續問道：

「……到底怎麼樣？」

「望太，你有在觀察別人呢。而且還會認真替他人擔心，是個了不起的傢伙喔。」

看到春輝頻頻點頭肯定自身感想的反應，蒼太冷冷地開口吐嘈：

「不用說這些啦。就算稱讚我，我也不會放棄追問你的。」

「沒有啊，這些純粹是我的真心話。」

聽到春輝極其認真的聲音，反而讓蒼太不知所措。

「啥……啥？為求慎重，我還是確認一下好了。這跟我剛才問你的問題有關連嗎？」

「……我啊，其實是個只珍惜自己的人。我有時會覺得拍電影以外的事情怎麼樣都無所謂，而為了拍出好畫面，要我做什麼都行。」

（原來如此。春輝是這麼想的啊……）

儘管內心還有想說的話，但為了不要干擾春輝彷彿想將一切傾訴出口的行為，蒼太只是沉默點點頭。

「提供得獎者留學機會的那所美國大學以電影系聞名。能夠在那所學校學習，讓我單純感到開心，也認為這是一個好機會。不過……」

春輝原本筆直的視線忽地移往地面。

大概能料想到他接下來要說些什麼的蒼太，像是鼓勵春輝繼續開口般「嗯」地應聲。

「我發現，除了電影以外，還有同樣珍貴的事物存在。」

「……你有告訴她留學的事嗎？」

雖然明白春輝的答案，蒼太仍刻意問出口。

一如所料，春輝搖了搖頭。

「我沒說。一開始，我原本想等結果確定了再告訴她，但後來發現這是不可能的事。要是一個沒弄好，我說不定就會直接告白了。」

看到春輝無力地乾笑幾聲的模樣，蒼太無言以對。是自己逼他說出這些話的愧疚感，緊緊掐著蒼太的胸口。

「……突如其來的遠距離戀愛，一定會困難重重吧。而且我還不是在日本國內，而是要到美國去呢！被拒絕的可能性，絕對是正常情況下的兩倍啊。」

「…………」

「喂～這種時候，你應該要吐嘈我『對能得獎一事，你簡直胸有成竹嘛』這樣吧？」

春輝模仿起蒼太的說話語氣，試圖將話題帶往詼諧的氣氛。

猶豫是否該順著他輕鬆以對的蒼太，最後仍選擇了一針見血的說法。

「對方也有選擇的權利吧？就算你自作主張地設想了一堆未來的事情，到頭來，那個

answer 6
～答覆6～

女孩子說不定會告訴你『我不介意遠距離戀愛』喔。」

春輝沒有出聲回應。取而代之的，是椅子傳來的聲響。

他面無表情地將雙手撐在桌面上，從上方俯視著蒼太。

這次他或許真的要發脾氣大吼了——正當蒼太這麼想著而警戒起來時，春輝卻直接走向窗邊。

「……我剛才說過了吧？到頭來，我最珍惜的還是自己。不管是被甩還是遠距離戀愛無法順利發展的情況，我都一樣討厭。」

「因為你不想受傷？」

春輝沒有回頭而繼續往下說：

「而且，像現在跟你聊這些的時候，我腦中的一角仍思考著電影的事呢。不只是新作，還包括了這次的經驗能帶來什麼樣的幫助之類的。」

什麼跟什麼啊。你根本只醉心於自己的事吧。

這是蒼太湧現的感想。

不過就算將這些說出口，春輝恐怕也只會笑著回應「你真是個感情豐富的傢伙耶」。猶豫片刻後，蒼太決定以邏輯理論吐嘈他。

「你這話很矛盾。不管是被甩，或是遠距離戀愛無法順利發展，應該也都是一種『很好的經驗』才對啊。應該能成為創作電影的絕佳養分吧？」

「……我很偏食呢。」

春輝勉強擠出回應。

現在，光是要設法帶過蒼太的提問，恐怕就讓他的腦袋忙不過來了。

（似乎說得太過火了呢。還是就此打住吧。）

蒼太沒有開口向他道歉，而是取而代之地轉移話題。

「對了，舉辦電影首映會一事，已經正式決定了是嗎？」

「……學生會那邊已經提出書面文件了。」

約莫在一個星期前，學生會聽聞電影研究社打算拍攝新作的消息，便提出了「希望能

answer 6

～答覆6～

在畢業典禮的前一天舉辦首映會」的要求。

這麼做的話，可能會讓大家把電影的內容和畢業典禮聯想在一起，導致觀眾產生先入為主的想法，也會讓他們無從評價電影本身的魅力，或是能帶來何種感動。

考慮到這一點，蒼太等人數度回絕了這個要求。但最後，春輝導演被身為電影研究社粉絲的學生會長的熱情所打動，首映會也因此拍板定案。

「我有無論如何都想追加進去的場景呢。」

「……剩下的工作天數已經不夠了耶。你有跟優商量過嗎？」

「今天剛好又是晴天，我認為這是最適合拍電影的日子呢～」

「我問你有沒有跟優商量過工作排程啦！」

「人生就是要把握當下！望太，把攝影機扛過來吧！」

兩人前往的地點，是離家最近的車站再走一段距離的公園。

雖然場地不大，但一如春輝所說，被夕陽染紅的鞦韆和公共座椅，感覺能成為相當出色的電影場景。

「噯，剛才是不是有個很像夏樹的女孩子走過去啊？」

「是你看錯了吧？那種打扮的女孩子很常見啊。」

「不不不，大家穿的制服都一樣好嗎？我是說，那種髮型的女孩子……」

應該不常見吧——正當蒼太打算這樣吐嘈春輝不知是認真還是裝傻的發言時，眼前的某個人影讓他瞬間噤聲。

一名他熟悉的人物佇立在公園的沙堆遊戲區旁。

儘管感覺對方散發出令人緊張的氛圍，蒼太仍緩緩接近他。

或許是察覺到蒼太的腳步聲，那名人物轉過身來。

（果然是阿雪……）

「你怎麼會在這裡？你家應該在反方向吧？」

answer 6
～答覆6～

「……對喔。阿望，你跟芹澤同學也都住在這一帶嘛。」

感受到戀雪話中有話的蒼太點點頭。

「因為我們家導演說他有無論如何都想加進電影裡的場景，所以……」

蒼太抬起下巴示意。他所指之處，有著春輝正在努力調整攝影機位置的背影。

戀雪輕笑出聲，聳肩表示：「他看起來很忙碌呢。」

「那你呢，阿雪？你在這裡做什麼？」

「……原本想做點什麼，但最後沒能做成。」

「咦？」

原本以為自己漏聽了什麼的蒼太望向戀雪，但後者的視線已經轉向公園外頭。

（難道他是跟誰約在這裡見面嗎？可是，阿雪剛剛的說法是「最後沒能做成」，就代表事情已經發生了……）

「噯！你剛才說的那句話啊～」

春輝一邊鎖緊三腳架的螺絲，一邊大聲問道。

「你說望太跟我『也都』住在這一帶，那其他還有誰嗎？」

察覺到方才那股異樣感的由來，讓蒼太不禁「啊！」了一聲。

在前往公園的路上看到的那個背影，再次浮現於他的腦海之中，讓蒼太的想像逐漸擴大。

想做點什麼，但最後沒能做成。也就是說——

「畢竟你跟瀨戶口同學感情很好嘛，芹澤同學。果然會在意嗎？」

聽到戀雪夾雜挑釁意味的問法，春輝卻像是被戳到笑點般大笑出聲。

「不不不，你誤會啦。因為我的兒時玩伴可不只優一個人啊。」

（噢，對啊，還有我嘛……呃，春輝應該不是想說這個吧？）

戀雪一瞬間露出不解的表情，但片刻後，他恍然大悟地輕敲掌心。

「你跟榎本同學也是兒時玩伴呢。」

「沒錯沒錯。所以，你說『原本想「告白」，但最後沒能做成』是吧？」

或許是企圖以牙還牙吧，春輝回以一個壞心眼的質問。

戀雪臉上仍帶著笑容，反而是在一旁的蒼太慌了手腳。

「等……等等啦，春輝！就算我們跟夏樹是青梅竹馬，也不好過問這麼隱私的事情吧！」

「真要說的話，問題其實不在於告白與否。」

「阿雪！你也不用老實回答啊……！」

儘管蒼太好心制止，但戀雪本人卻毫不在意地繼續說下去：

「我在什麼都說不出口的情況下，就這樣目送榎本同學離開了。」

語氣平淡的獨白中，摻雜著落寞的音色。

光是聽他說話，就令人有種揪心的感覺。蒼太朝垂下頭來的戀雪望去。

（阿雪是不是覺得自己很沒有出息呢……？）

「這應該不是『沒能』告白，而是『沒有』告白才對吧？」

春輝以和剛才的蒼太相同的表達方式質問戀雪。

戀雪猛地抬起頭來，雙唇也開始顫抖。

「我……並不認為她會接受我的感情。可是，我希望至少能夠傳達給她……就算改變外表、改變外在的自己，看來還是毫無意義可言。」

（怎麼會呢，你明明那麼努力了啊……）

看到戀雪不願意認同一直努力的自己，蒼太不禁難過起來。

然而，看著戀雪沉痛的模樣，就連春輝也說不出半句話。

「因為，我知道自己的心意只會變成她的沉重負擔。」

「沒有這種……」

再也按捺不住的蒼太硬是從旁插嘴。

但戀雪只是靜靜微笑，然後朝他搖頭。面對這樣的反應，蒼太只能沉默下來。

「……因為夏樹已經有了喜歡的人是嗎？」

春輝的低喃並非問句，而是肯定句。

這更讓蒼太感到煩躁。

「就算對方已經有了喜歡的人，阿雪的心意也不會變成什麼沉重的負擔！」

聽到自己格外大聲的吶喊，蒼太忍不住手足無措。

戀雪也微微瞪大雙眼。但他接著道出的話語仍相當淡漠。

「或許也有這樣的思考方式吧。」

（為什麼阿雪能夠這麼平靜？）

儘管他內心理應大受打擊，但戀雪卻絲毫沒有表現出這樣的態度。

他遠比蒼太所想的更加堅強，自尊心也更高。

「如果……」

戀雪的聲音再次顫動空氣。

蒼太感覺到他正在猶豫該不該繼續說下去，便像是催促般輕輕朝他點頭。春輝也擱下攝影機，靜待他的後續發言。

一次深呼吸之後，戀雪像是吐露出重大機密般輕聲說道：

「我告白的話，這份心意或許能成為她的助力，在背後推動她前進吧。可是，我腦中想像的，是和這個不一樣的未來……」

不知沉默持續了多久。

蒼太茫然地聽著宛如大合唱的秋日蟲鳴，然後靜靜等待。

最後，似乎已經下定決心的戀雪，道出自己明確的真心話。

「她是很溫柔的人。所以，我覺得她可能會為了無法回應我的感情，而煩惱不已。在拒絕我之後，她的內心恐怕會被一塊大石持續壓迫著。」

感受到腦袋彷彿被人重重敲下的衝擊，讓蒼太不禁忘了呼吸。

（雖然我不明白阿雪的心意為何會變成夏樹的重擔……不過，他完全是以自己會被甩為前提在思考呢。）

換做是以前的蒼太，或許會憤慨地指責戀雪「你為什麼不對自己的戀情抱持半點希望？這樣未免也太妄自菲薄了吧」之類的。

然而，聽到戀雪真摯的表白，讓他壓根沒有說出這種話的打算。

（阿雪沒有逃避，而是接受了事實。直到最後，他都以夏樹的感受為優先考量……）

察覺到自己的戀情無法開花結果的瞬間，戀雪必定受到了相當大的打擊。

然而，他卻選擇了「絕對不會傷害喜歡的人」這條道路。

甚至不惜為此扼殺自己的感情。

在沒有告白的情況下結束戀情，或許會被人說是勇氣不足的表現。

不過，蒼太卻覺得戀雪的選擇簡直帥氣到不行。

（……原來也有這樣的戀愛呢。）

這時，蒼太感覺自己持續糾葛的內心深處，似乎射入了一道光芒。

無論燈里喜歡的人是誰，他都無法捨棄自己這份心意。

answer 6
～答覆6～

就算不能支援燈里的戀情，至少，蒼太可以在一旁默默守護。

（單戀也無所謂，因為我能貢獻兩人份的愛情。）

蒼太喃喃唸起昨晚觀看的某部電影的台詞，然後仰望天空。

秋天的夜空看不到特別明亮的星星，也沒有夏天那種引人注目的夏季大三角。

據說正因為是這樣，才能突顯著名的星雲和星團的存在。

「人際關係一定也是這麼回事吧。」

在傳入他人耳中之前，蒼太的這句低喃便乘風消逝在空氣中。

Enomoto
榎本夏樹
生日／6月27日
巨蟹座
血型／O型
蒼太的青梅竹馬。
隸屬於美術社，
喜歡運動、
畫漫畫和看漫畫。
單戀著優，
但和戀雪之間也……？

Natsuki
answer 7
~答覆7~

answer 7 ～答覆7～

短短一天，或是短短一句話，都可能讓人生出現戲劇性的轉變。

然而，想要造就這樣的轉變，需要莫大的勇氣。

「等到漫畫完成，我就要正式告白！」

對燈里和美櫻這麼宣誓之後，夏樹勇敢地踏上戰場。

然後，伴隨著令人開心的好消息，她讓兩人看到勇氣改變了一切的結果。

據夏樹的說法，光是告白預演，就讓她相當緊張，所以，正式告白的時候，想必更需要幾十倍的勇氣吧。

再加上夏樹告白的對象，是住在她家隔壁的青梅竹馬。雖然不願意朝這方面想，但如果這段戀情沒能開花結果，夏樹就會面臨必須放棄兩人原本的融洽關係的危險狀況。

（可是，小夏沒有逃避。）

在出發前，她內心應該是沒有勝算的。夏樹只是懷抱著名為「喜歡」的這份心意，前往優的身邊。

『詳細的經過我明天去學校再告訴妳們喔。』

或許是因為簡訊末尾的這句話讓燈里相當興奮吧，她昨晚遲遲無法入眠。

今天早上鬧鐘早已響完，燈里匆匆嚥下早餐，便打開家門飛奔而出。因為她不想錯過夏樹的任何一句話。

然而，儘管如此。

事態卻開始朝燈里始料未及的方向發展——

聽到代表午休時間到來的鐘聲，燈里朝美櫻望去。

畢竟凡事都是起頭最重要。從早上開始觀察夏樹和優的互動的兩人，現在被一種莫名的不安所籠罩。

「美櫻，今天要去美術教室吃嗎？還是去準備室？」
「怎麼辦呢，會不會馬上就被發現呀……？」
兩人湊近彼此，開始交頭接耳地討論之後，第三個人來到她們的背後。
在燈里提醒自己「不可以回頭！」的時候，夏樹主動開口了：
「在討論吃午餐的地點嗎？今天天氣不錯，要不要去中庭呢？」

她們最害怕的事情發生了。不對，現況還沒有定案呢。
燈里不太自然地轉過頭來，若無其事地向夏樹確認：
「我們三個人去嗎？」
「咦？……噢，都可以啊！還要找誰一起嗎？」

要找誰一起的人應該是妳吧，小夏！
燈里忍著想這麼反駁的衝動，朝優所在之處瞄了一眼。

和蒼太結伴行動的他，在跟隔壁班的春輝會合之後，似乎打算三個人一起去學校餐廳的樣子。

（咦……咦？怎麼連瀨戶口同學都這樣呀……！）

臉色蒼白的燈里不禁朝美櫻投以求助的視線。

不過，後者也露出眉頭緊蹙的表情，似乎正忙著思考解決現況的對策。

再這樣下去，夏樹跟優就會分開吃午餐了。

（只有這個絕對不可以！一定得想點辦法才行……）

燈里試著用優一行人也聽得到的音量詢問夏樹：

「小……小夏，除了我們以外，妳應該還有其他想共進午餐的人吧？」

「沒……沒錯沒錯！妳好～好想一下吧？」

美櫻出聲助陣之後，兩人終於成功引起了優一行人的注意。

暗自為男生陣營停止的腳步聲鬆一口氣之後，為了讓夏樹明白她們的用意，燈里又繼續往下說：

「例如，跟……男……男朋友一起吃之類的？」

不止是直球，這簡直是一記快速球的超級大暴投。

原本還想更有技巧地誘導夏樹，這下子沒戲唱了。

終於察覺到燈里等人的意圖，讓夏樹的表情瞬間僵住。

「……難道妳們也是基於這個原因，才會從一大早就怪怪的？」

聽到夏樹低沉無比的嗓音，燈里不禁和美櫻緊緊牽起手來。

「因為妳跟瀨戶口同學感覺還是一如往常嘛！」

「妳大概是想掩飾害羞，可是，如果跟我們在一起，可能會讓瀨戶口同學不方便跟妳搭話……」

在無可奈何的情況下，兩人只好老實地道出自己的看法。但夏樹卻只是拱肩怒喊：

「沒……沒關係啦！我跟優這樣很普通啊！」

在遠處眺望的男生三人，似乎也明白了燈里等人想表達的意思。

answer 7
～答覆7～

春輝爆笑出聲，蒼太拚命忍笑，優則是面紅耳赤地仰望天花板。

「我就跟你說嘛，故做瀟灑反而會引人誤會啊。」

儘管春輝以正經八百的語氣提出指摘，但他的表情完全是在笑。

「要是傳出交往第一天就分手的謠言，那可不是鬧著玩的呢。」

以微妙的表情表示贊同的蒼太，嘴角也因想笑而不停顫抖。

「吵死了，隨便你們怎麼說啦。」

儘管以尖銳的話語反擊，熱度仍未從優的臉上退去。

他很明顯是跟夏樹同樣在掩飾自己害羞的反應。

（呵呵，感覺令人會心一笑呢。）

燈里以指尖按壓自然展露出笑意的雙頰，滿足地眺望著眼前的光景。

然而，在下一瞬間，優朝她們走了過來。

「早坂，還有合田。」

「「是……是！」」

聽到自己被指名，燈里和美櫻異口同聲地回應。

而且還像漫畫人物般吃驚得輕輕跳起來。

「啊～這樣不行喔～瀨戶口同學竟然在恐嚇女生耶～」

「春輝，不可以講出來啦。看到女孩子那麼怕他，優自己應該也大受打擊呢。」

「唔～我不記得有養出這樣的孩子呢～」

春輝和蒼太毫不客氣地拿優開玩笑，連夏樹都加入了他們的行列。

不愧是青梅竹馬，默契好得沒話說。

「我說啊，要一一吐嘈你們很辛苦耶！讓我集中精神啦。」

「……感覺瀨戶口同學好像媽媽喔。」

「啊，我也這麼認為。」

聽到美櫻悄聲洩漏的感想，燈里也壓低音量回應她。

優似乎也發現她們為此輕笑出聲的反應，於是便指著兩人，然後朝春輝和蒼太大喊

「你們看啦」。

「早坂跟合田也受不了你們了耶。」

「好好好。別露出那種遜掉的表情，快點把自己想說的話說出來吧。」

聽到夏樹以有些強硬的語氣巧妙地帶回話題，優不禁屏息。

優再次轉身，燈里有些緊張地抬頭望向身高近一百八十公分的他。

「好像讓妳們擔心了，但我們沒問題的。該怎麼說呢，那個……雖然我們變成了男女朋友，但畢竟之前一直維持著青梅竹馬的關係，所以……感覺沒辦法一下子就改變……又或者該說這樣的距離感恰到好處……」

聽到優斷斷續續的說明，燈里不禁愣在原地。

給人印象很好親近的優，平常說話總是會慎選用字遣詞。這點她也很明白。跟習慣直接了當地說出心中想法的夏樹，可說是最佳拍檔。

（不過……這樣還是有點……）

燈里朝美櫻瞄了一眼，發現後者也露出迷惘的表情。

站在優身旁的夏樹，則是一語不發地凝視著地板。

（嗯，這樣果然不行！）

或許有些多管閒事，不過，看到好友失望的表情後，她可不能繼續悶不吭聲。

燈里朝前方踏出一步，抬頭對仍企圖繼續辯解的優投以犀利的眼神。

「瀨戶口同學！這是你跟小夏討論過後決定的嗎？」

「……咦？」

看到愣住的優，燈里確認自己的推理結果是正確的。

（他果然沒跟小夏說過……！）

燈里內心湧現莫名的悲傷，下一刻，她將胸口的鬱悶感一股腦兒宣洩出來。

「請你好好傾聽小夏的心聲！我認為小夏一定也很想跟你兩個人單獨吃午餐。然後，也想在放學後一起回家，或是試著牽手……啊，一起去吃蛋糕似乎也不錯呢！」

answer 7
～答覆7～

為了這個好點子而輕敲掌心之後，燈里才猛然回過神來。
夏樹、美櫻和男生陣營全都沉默了下來。
（怎麼辦……好丟臉喔……）
燈里陷入坐也不是，站也不是的尷尬，只好俯視著地板。
她完全沒有勇氣確認其他人現在臉上的表情。
（大家一定覺得很傻眼吧？而且最後一句根本是我自己想做的事……）

「優，剛才那就是少女的意見喔。你可得心懷感激地當作參考才行。」

先是輕拍肩膀的聲音，接著是蒼太的說話聲。
隨後，春輝和夏樹彷彿接收到暗號似地跟著開口。
「不用客氣，儘管擺出男朋友的態度就好啦。」
「可是，就算現在這麼說，要是我們在春輝你的面前牽手的話……」
「我絕對會吐嘈『你們倆很閃喔』這樣。」
聽到春輝一本正經的回應，夏樹和優異口同聲地抗議起來。

「「哪有這樣的啊！」」

「優、夏樹，這你們就不懂嘍。一邊被周遭的人吐嘈、一邊曬恩愛，才是談戀愛的醍醐味啊。」

「「吵死了，望太！」」

在眾人的嬉鬧聲引領之下，燈里緩緩抬起頭來。

眼前沒有半個人露出嫌惡或無言以對的表情。

不僅如此，還笑得非常開心。

（……太……太好了～）

燈里吸了吸鼻子，同時，身旁的人伸出手輕扯她西裝外套的衣袖。

她轉頭一看，滿面笑容的美櫻湊近耳畔悄聲說道：

「我也很想跟喜歡的人手牽手走回家，或是在放學後去約會呢。」

「……美……美櫻～！我最喜歡妳了～！」

看到燈里情不自禁地緊緊抱住美櫻，不知為何，春輝和蒼太同時以焦躁的嗓音「啊！」了一聲。

還來不及感到好奇，背後又多了一個壓上來的重量。

「好詐喔～！我也最喜歡妳們兩個了喲！」

看到夏樹有些鬧彆扭的表情，燈里和美櫻不禁笑出聲來。

「哎呀～你女朋友馬上就開始花心了耶～」

「……無妨。我會讓她們知道誰才是男朋友。」

「喔喔！加油啊，優！」

聽到春輝一行人在身後的對話內容，夏樹的臉逐漸染紅。

幾乎要喜極而泣的燈里，放開了遲遲不願意坦率的好友的手。

「慢走喲，小夏。」

「……嗯。」

雖然聲音小到像蚊子叫，但夏樹確實這麼回應了。

隨後，她拾起優的手，兩人肩並肩走出教室。

（好炫目喔……啊，這就是充滿希望的感覺？）

遍尋不著的那塊拼圖，現在落入了燈里的掌心。

燈里像是為了掌握住這種感覺似地握拳，然後快步走向教室大門。

如果不快點畫下來，恐怕會讓靈感稍縱即逝。

「等一下，早坂！今天我們四個人一起吃午餐怎麼樣？」

「……咦？四個人是指……」

「妳、美櫻、望太還有我。」

最後指向自己的春輝對她露齒燦笑。

「這個嘛……我覺得……」

看著燈里像是喃喃自語般回應的態度，春輝露出不解的表情。

「怎麼了？妳不方便嗎？」

聽到對方再次詢問，燈里佯裝望向牆上的時鐘，趁隙偷偷確認美櫻的反應。

（美櫻看起來有點困擾呢……）

換做是以前的她，想必會開心地接受這個邀請吧。

不過，在聽說春輝另有意中人之後，美櫻感覺就刻意和他保持著距離。

所以，前幾天看到春輝向自己打招呼的時候，燈里也不自覺地閃躲開來。

不是男女朋友，卻在每天放學後一起回家，已經足夠引人誤會。倘若春輝本人沒有半點自覺的話，狀況就更糟糕了。

（但是，芹澤同學似乎也不知道該用什麼樣的態度來面對美櫻呢……）

「竟然一副只有自己豁然開朗的樣子……」

蒼太突然喃喃著開口。

除了不知道是向著誰說出來以外，這句話聽起來似乎也不太友善。

燈里忍不住對他投以不安的視線。兩人四目相接之後，蒼太以溫柔的笑容回應她。

（是我……聽錯了嗎？）

在出聲確認之前，蒼太便攬著春輝的肩頭開口：

「遺憾的是，我們還得繼續電影的剪接工作喔，春輝。既然剛才那麼爽快地目送優離開，我們就得負責維持進度啊。」

「嗚……呃，不過，至少午休時間……」

「至少～？這可是能完成不少進度的一段時間耶。嘲笑午休的人，將來一定會為了它哭泣！這段時間很寶貴喔，所以我們絕不能浪費，要有效利用才行。」

帶著滿面笑容做出結論的蒼太，不由分說地拉著春輝離開。

被留下來的燈里和美櫻，就這樣杵在原地片刻。

「……春輝感覺情緒很高昂呢。」

美櫻的低語滲著一絲落寞。

或許，自己其實知道讓春輝這麼興奮的原因。

聽到美櫻這麼說，燈里才恍然大悟地睜大雙眼。

「啊！對了，妳剛才原本想去哪裡呀，燈里？」
再次開口的美櫻，像是透過開關切換似地恢復一如往常的態度。
然而，她抬頭望向燈里的眸子透露出些微動搖。於是燈里想也不想地抓起她的手。
「美櫻，我們今天去美術教室吃吧？」

在那之後，又過了一個星期。這天放學後，燈里被傳喚到輔導室。
不太願意前往的她，感到腳步愈來愈沉重。
學校指派了一份讓燈里認為自己完全無法勝任的工作給她。
（果然還是回絕比較好嗎～可是，繪里老師也拜託我了呢……）
就算拖拖拉拉地走，她最終仍抵達了目的地。
（既然都來到這裡，就沒有退路了。而且，聽說接下這份工作的，也不只我一個人而已嘛！）

燈里在輔導室外頭緩緩深呼吸。做好覺悟之後，她打開入口的大門。

「打……打擾了。」

「嗨～原來另一個人是妳啊，早坂。」

「……芹澤同學……」

站在窗邊的春輝出聲向燈里打招呼。他原本或許在眺望窗外的風景吧。

看到燈里入內，他離開窗邊，朝房間正中央的長桌走近。

「聽說老師們會稍微遲到，我們就坐下來等吧。」

「好……好的。」

燈里反射性地回應，同時也感到有些尷尬。

（他是不是並不在意之前那件事呢……？）

也有可能是春輝早就忘記自己打招呼被燈里無視一事了。

猶豫了片刻之後，不知該坐在哪裡的燈里選擇了春輝對面的位子。

春輝以交握的雙手支撐著後腦杓，整個人靠在椅背上，看起來正處於放鬆模式當中。無論在哪裡，或是跟誰在一起，他的態度都不曾改變過。

（……不過，跟美櫻在一起的時候，他看起來又更開心呢。）

上星期午休時，美櫻在美術教室裡跟燈里聊了很多。想起那些聊天內容，讓她自然而然地垂下頭。

來到只剩她們倆獨處的場所時，眼淚隨即撲簌簌地從美櫻的眼眶滑落。面對一發不可收拾的淚水，連本人都困惑不已。美櫻或許已經忍耐很久了吧。

「聽到小夏跟瀨戶口同學開始交往的事，我真的非常開心。打從心底湧現『真是太好了』的想法……」

然而，這麼說的美櫻，卻緊緊咬住自己的下唇。

發現她用力到幾乎要將嘴唇咬破，燈里連忙出聲制止。

「美櫻，妳怎麼了？」

「……我真的很狡猾。一開始，我的確是為了小夏能跟喜歡的人兩情相悅而開心，可

是，後來……後來卻也為了春輝的戀情沒能實現而開心……」

不捨讓美櫻繼續說下去的燈里伸手擁抱她。

站在美櫻的立場，恐怕怎麼也無法摒除這樣的想法吧。

（如果喜歡的人另外有了喜歡的對象，無法真心支持他，也是理所當然的呀。）

然而，燈里也明白，倘若將這句話說出口，只會讓美櫻哭得更厲害。

現在她能做的事，就只有陪伴在美櫻身旁。

「應該不至於把我們的大頭照刊登在簡介手冊上吧～？」

突如其來的攀談將燈里拉回現實。

她眨眨眼，讓視線重新聚焦後，發現春輝以手托腮，表情看起來還有些不滿的樣子。

「聽說照片只會刊登很小一張，所以反而是採訪讓我感到比較沉重……」

或許是受到春輝一派輕鬆的態度影響，燈里也順利開口表達了自己的感想。

「對喔，還有採訪呢。」

看到春輝瞬間板起臉孔的反應，燈里不禁露出苦笑。

針對每年前來櫻丘高中應考的準考生，學校都會發簡介手冊給他們。而校方這次指派給兩人的任務，就是要他們在手冊中亮相。

「除了課業以外，本校的社團活動和文藝活動也都經營得有聲有色——這就是我們想強調的重點。所以，我希望妳無論如何都要被刊登出來，早坂同學！」

儘管松川老師這麼說，燈里內心仍充滿不安。

無論是美術社或是畫畫，自己都只是因為喜歡，才能夠繼續下去。對於接受採訪時該著眼的重點，她一點頭緒都沒有。

「算了，我覺得不用想得太困難啦。反正也不是要我們給準考生應考的建議。我們只要表現出自己的高中生活很快樂的感覺，藉此提昇準考生的鬥志就行了。」

春輝道出燈里最想聽到的話語，讓她安心下來。

再加上那個率直的笑容，讓燈里的心臟重重跳了一下。

（……美櫻，我想必比妳更加狡猾吧。）

燈里對每個人隱瞞著不同的小祕密。

她沒告訴夏樹自己目睹春輝對她告白一事。

也沒告訴美櫻她其實知道春輝喜歡的人是誰。

而對自己也——

「嗳，早坂。」

聽到春輝呼喚自己的聲音，燈里帶著愧疚的心情垂下眼簾，然後點點頭。

不知不覺端正坐姿的春輝，現在正筆直地望向自己。

沐浴在彷彿能讓肌膚隱隱刺痛的認真目光下，燈里想起以前似乎也有過這種經驗。

那是暑假來臨前，眾人在美術準備室裡頭召開討論會的時候。

「嗳，妳們覺得戀愛是什麼顏色？」

春輝的語氣，聽起來就像在詢問今天天氣如何那麼輕鬆。

相較之下，靜待答案時的他，露出了足以貫穿答題者的視線。

answer 7
～答覆7～

「謝謝妳的那幅畫。」

「……咦？」

「就是櫻花的畫啊。為了協助我們拍攝電影而畫的那幅。」

因為春輝的語氣、視線和發言內容都湊不起來，燈里一瞬間甚至無法出聲回應。

她沉默地搖搖頭，於是春輝的眼神變得柔和了一些。

「看到妳的畫，讓我決定改寫最後一幕了。一開始的結局……該說是雙向單戀嗎？女主角和學長其實互相愛慕，但最後卻沒能在一起——這是我原本的設定呢。」

「……你為什麼會想改寫？」

問出口的同時，燈里感覺自己似乎已經明白了答案。

另一方面，卻又有個「這不可能」的聲音在腦中直竄。

倘若答案如同自己的想像，意思就是——

「看到那幅畫，當然會想改寫結局吧？明明目睹了希望之光，怎麼能以悲戀收場呢？」

春輝一副理所當然的回答態度，讓燈里幾乎要哭出來。

（我的畫作真的改變了電影的結局……）

而且，對方還以「目睹希望之光」來形容。這讓燈里有種從漫長隧道中重見天日的感覺。

因為，這正是燈里一直在尋找的東西。

「……看來，妳已經掌握到戀愛為何物了呢，早坂。」

淡淡道出這句話的春輝，臉上摻雜了各種感情。

像是揪心、像是開心、又像是無奈的表情緩緩浮現，再悄悄退去。

最後剩下來的，果然還是那犀利無比的視線。

「如果要妳兩者擇一的話，談戀愛的時間跟作畫的時間，妳會選擇何者？」

就像當初那樣，春輝再次朝她拋出質問。

這裡只有自己一個答題者，沒有能率先回答的其他人存在。

燈里閉上雙眼，以浮現於眼皮之下的答案回答他。

「我想，要是以前的我，無論必須捨棄任何事物，一定都會選擇作畫的時間。」

「哦，那現在呢？」

「現在，我……我會回答兩者都想要。」

春輝像是聽到了意外的答案般瞪大雙眼。

「我還以為妳會毫不猶豫地選擇作畫時間呢。不過，原來那已經是過去式了啊。」

（芹澤同學看起來好像有點落寞……？不對，應該說不太開心？）

他或許是誤以為燈里並沒有把畫畫看得很重要吧。

燈里在內心祈禱接下來的發言聽起來不會像是狡辯，然後開口表示：

「你剛才的質問……就算不是從戀愛或作畫之中二選一，我想，我也不會只選擇作畫。因為畫畫已經是我這個存在的一部分了。」

所以，無法拿來和其他事物比較——這麼說明之後，春輝「噢」了一聲便沉默不語。

視線在半空中游移片刻後，春輝搔了搔後腦杓，然後輕笑出聲。

「我們的意見果然很一致呢。」

他的笑容，讓燈里有種舒適的水波從內心擴大至全身的感覺。

這是她從未體驗過的感受。

（該怎麼說呢……因為能讓對方理解自己的想法，所以很開心……？）

過去，她曾經歷過彷彿心臟被緊緊揪住的痛楚。

例如——

「優，剛才那就是少女的意見喔。你可得心懷感激地當作參考才行。」

上星期在教室裡聽到的蒼太的發言，再次於腦海中復甦。

那時，燈里原本完全不以為意，但現在，她的胸口卻傳來陣陣痛楚。

（咦？咦咦咦？這種感覺是怎麼回事……）

燈里認為，自己應該明白那個讓心跳加快的花苞名稱為何。

不過，現在她還不打算開口呼喚。

因為在這之前，她必須做的事情已經如山積了。

「芹……春輝同學！」

「是……是！」

聽到燈里突然大聲吶喊，而且還劈頭喊出自己的名字，春輝不禁圓瞪雙眼。

（對了，望月同學有一次叫我的時候，好像是反過來說成「燈……早坂同學」了呢。）

覺得有些害羞的燈里，對春輝投以筆直而率真的視線。

「請和我當朋友吧！」

沉默籠罩了兩人。春輝愣愣地眨了幾下眼睛。
在等待回應的這段期間，燈里沒有移開自己的視線，持續凝視著那雙深褐色的眸子。
「呃，我覺得我們已經是朋友了吧……」
傳入耳裡的，是有點令人脫力的答案。
燈里瞬間覺得渾身無力，整個人靠向椅背上。
如果能更早一點傳達出去，是否能看到不同的結局？
這樣的想法一瞬間在燈里腦中閃過。隨後，她搖了搖頭。
（發生了很多事情。我哭過、和別人互相傷害過……儘管如此，我還是堅持走下去，所以現在才能夠站在這個地方。）
「咦，怎麼，只有我覺得我們是朋友嗎？」
「不是的。謝謝你！」

answer 7
～答覆7～

燈里將自己滿滿的心意傳達出去。

雖然這個花苞沒能綻放成花朵，但它並沒有白白存在。

一定能賦予下一朵新生的花朵力量。

（這是為什麼呢？我現在好想見望月同學一面喔。）

和他隔著一小段距離，從學校的坡道走向車站吧。

踏進車站附近的星屋，分享彼此推薦的蛋糕。

像這樣，總有一天——

epilogue ～終曲～

聽著優叨念個沒完，蒼太慢慢連出聲回應都忘了。

坐在優身旁的夏樹，正跟坐在她對面的燈里忘我地聊天。

（如果燈里美眉坐在夏樹的位子就好了～）

一心想加入身旁對話的蒼太，仰頭喝下所剩不多的湯汁。雖然他的碗差不多要見底了，但優的碗裡卻還殘留著麵條。

（一開始，我原本還為了坐在她旁邊而竊喜，但仔細想想，這樣根本連對方的臉都看不太到啊！）

儘管如此，他也不打算事到如今還提議換座位。

為了憑自己的力量讓氣氛變得更舒適，蒼太瞪著優開口：

「我說啊，優……」

「然後，她甚至開始化妝了耶。看著變得比較有女人味的她，該說讓人有種異樣感嗎……」

「是……是喔～」

蒼太被優的氣勢壓倒，瞬間又退回出聲應話的崗位上。

「原本以為這傢伙開始注重打扮了，卻又看到她把我很喜歡的連帽T恤拿來當居家服……感覺她已經習慣拿我的舊衣服去穿了耶。那件明明完全是男生衣服的設計啊。」

「是喔～」

「……望太，你有認真聽我說嗎？」

「是喔～」

驚覺不妙的時候，優已經將手指伸到蒼太的額頭前方。

來不及閃躲的蒼太，額頭就這樣狠狠被彈了一下。於是他不禁出聲抗議。

「我話說在前頭，這可是你的錯喔，優。因為你一直在講雛的事情嘛～」

雛是優的妹妹，目前為櫻丘高中的高一學生。

對包含蒼太在內的青梅竹馬組的成員來說，她也是很寶貝的妹妹。尤其是春輝，簡直把雛當作小貓咪一般疼愛。

（雖然還是比不上正牌的哥哥就是了。）

蒼太也並非不想聽雛的話題，只是，凡事都要有限度才行。最重要的是，難得燈里也在，卻無法跟她聊上幾句，這樣未免太殘忍了。

（沒辦法，只好開門見山地說了……）

蒼太放下湯匙，然後努力冷靜地開口。

「當哥哥的要是太纏人，可會被討厭喔。」

「不，纏人的是她啦。連我在念書的時候，她都會黏在一旁。」

優馬上這麼回答。而且話題沒多久又拉回雛的身上。

（不行，我沒輒了……）

蒼太試著對夏樹投以「快幫我說話」的眼神，但後者也只是聳聳肩。

「我也對他說過一樣的話了，所以接下來換春輝嘍。」

「靠！雛開始化妝的事，對你打擊這麼大喔？」

「優以前還不是這樣。升上高中之後，就開始買不一樣的雜誌來看，或是上不同的髮廊，但他本人卻都已經忘記了呢。我家虎太朗現在也剛好步入這個階段。」

夏樹祭出和雛同樣身為高一生的弟弟的名字，然後無奈地搖搖頭。

聽到自己似乎也經歷過的這些事，蒼太不禁露出苦笑。

「沒……沒關係啦，男孩子都會有自己的想法嘛。」

「女孩子也是呀。所以，優才會擔心雛是不是交了男朋……」

「才沒這回事！」

這句話不知道是在否定夏樹的發言，還是否定小雛男朋友的存在。

優粗魯地打斷夏樹的發言，抱著頭吶喊：「只有那傢伙不可能！」

「女孩子的行動不存在任何理由。男孩子就是因為試著追求背後的理由，才會失戀的喔。」

「這也是電影台詞嗎？」

裝模作樣地開口之後，面對燈里天真無邪的提問，蒼太瞬間被擊倒。

「……是……是的。不過，我也還沒看過這部電影，只是因為劇本裡有這句台詞，所以……」

（早知道就不要得意忘形了。她一定覺得我是個電影宅吧？）

蒼太戰戰兢兢地朝身旁望去，發現燈里帶著滿面笑容。

「這樣啊。那我們下次一起去看吧？」

「我……我非常樂意！」

看到蒼太擺出勝利動作吶喊，優以一副很懂的表情說道：

「變成大學生之後，你就去居酒屋打工吧。」

「啊哈哈，這樣感覺優和春輝會一直泡在店裡呢。」

聽到夏樹活潑的嗓音，蒼太反射性地望向優。

後者應該也有察覺到蒼太的視線，但卻完全沒望向他。

優這樣的反應，讓蒼太確認到一個事實。

epilogue

～終曲～

（……夏樹還沒聽說春輝要去留學的事啊。）

「不過，這間拉麵真的很好吃呢！」

「對啊，如果美櫻跟芹澤同學能一起來就好了。」

面對坦率表示遺憾的兩人，優和蒼太維持著緘默。

不管是留學，或是春輝和美櫻不在這裡的理由，她們倆都還不知道。

不對，或許連美櫻本人都完全不知情吧。

蒼太不知道什麼樣的做法才正確。

然而，想支持好友戀情的這份心意絕非虛假。

（加油啊，春輝……！）

在內心如此聲援的同時，蒼太視野的一角突然出現搖曳的黑髮。

「那麼，我們要約什麼時候去看電影呢，望月同學？」

燈里探頭望向他。從下方微微仰望的視線極具破壞力，讓蒼太瞬間屏息。

（太可愛了！太詐了！可是，就是這點吸引人！不對，話說回來……）

「咦？我們……什麼時候……去看電影？」

「……對不起。原來你剛剛是在開玩笑的嗎？」

看到燈里失望地垂下雙肩的反應，蒼太連忙搖頭否認。

「不不……不是的！我很認真，超級霹靂無敵認真……！」

「這樣啊，太好了。」

看到燈里恢復笑容，蒼太終於鬆了一口氣。不過，在一旁看好戲的兩人不停抽動肩膀，就讓他不太滿意了。蒼太過於拚命的回答，似乎讓夏樹和優不得不努力憋笑。

（你們想笑就笑吧！不過，可不准笑出聲來喔。）

蒼太在內心加上附加條件，然後瞪向對面的兩人。

只是這樣的動作，似乎就能讓青梅竹馬心領神會。夏樹和優望向蒼太，然後一起豎起拇指。

（也不需要這種肢體語言好嗎！燈里美眉會覺得很奇怪啦！）

蒼太擔心地望向身旁，發現燈里正在書包裡翻找著什麼。

「啊，找到了。我們來決定時間吧。」

說著，燈里將手機擱在桌上，然後以纖細的手指操作，確認顯示在螢幕上的個人行程表。

（……原來燈里美眉不是在跟我說表面話而已呢。）

為了確認並非在作夢，蒼太用力捏了捏臉頰。同時湧現的痛覺和欣喜幾乎讓他泛淚。

「對……對了！在這個週末，車站附近的電影院會辦一場愛情喜劇的馬拉松放映會。我想電影票應該還沒賣光。妳覺得怎麼樣？」

燈里沉思片刻，然後微微歪過頭。

「……只有愛情喜劇的話，我不喜歡。」

「咦咦咦！」

蒼太沉痛的慘叫聲迴盪在店內。

燈里輕笑起來，優和夏樹則是叨念著「哎呀呀……」，然後以手扶額。

（……我到底有多不擅長主動邀約啊……）

在蒼太也不禁乾笑三聲的時候，他發現肩頭傳來被人輕戳的觸感。

「如果再加上星期天的午餐，我就可以喲。」

聽到燈里在耳畔的細語，蒼太的表情豁然開朗起來。

「燈……燈里美眉！我最喜歡妳了！」

想要在一天結束時說上幾句話的對象，一定就是希望能和自己成為一對戀人的對象。

蒼太一邊回想自己最喜歡的某部電影的台詞，一邊細細品味著找到這種對象的幸福感。儘管單戀煎熬得令人辛酸落淚，但明白自己內心湧現「喜歡」的情感，還是很開心的一件事。

（有朝一日，倘若燈里美眉在一天結束時，內心浮現的說話對象是我，那就好了呢。）

燈里在手機中加註的「約會」兩個字，是蒼太過了很久才得知的事。

距離兩人的心意結合，還剩下——

epilogue
～終曲～

The end
MILK

HoneyWorks成員留言板！

Comments

Gom

非常感謝將嫉妒的答覆小說化的企畫!!
因為是以男孩子的嫉妒為主題，
所以我一邊回顧自己的學生時代，
一邊創作了這首曲子。
如果這本小說也能
引起各位的共鳴，
我會很開心。

shito

十分感謝小說化!!

這兩個角色讓我畫得樂在其中。
如果醋罈子和怪怪美少女的互動
能讓大家心動不已，我會很開心喔！

ヤマコ

我是HoneyWorks的吉他手海賊王Oji。
像本篇小說這樣的戀愛情節，
我不知道妄想過…作過多少次
這樣的美夢呢…笑。
請大家在讀完本書之後，
經歷各種讓人怦然心動的戀愛吧！

Oji

嫉妒的答覆

感謝小說化企畫!!

請大家盡量為了望太和燈里
怦然心動吧!!
強尼的故事會不會出小說呢…

ろこる

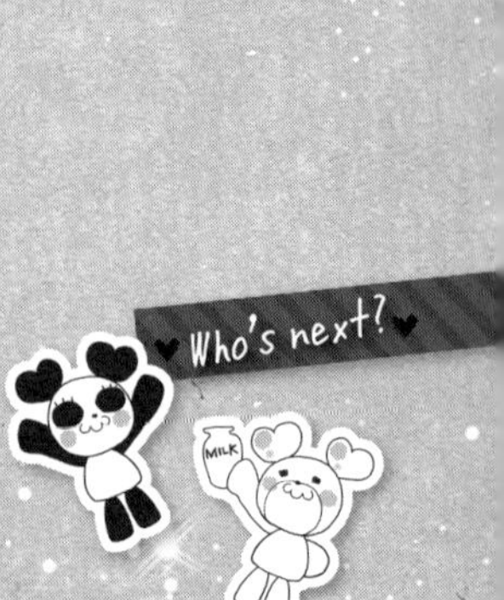
Who's next?

國家圖書館出版品預行編目資料

告白預演系列. 2, 嫉妒的答覆 / HoneyWorks原案
; 藤谷燈子作 ; 咖比獸譯. -- 初版. -- 臺北市 : 臺
灣角川, 2015.08
 面 ; 公分. -- (Kadokawa fantastic novels)
譯自 : 告白予行練習. 2, ヤキモチの答え
ISBN 978-986-366-663-9(平裝)

861.57 104011685

Kadokawa
Fantastic
Novels

告白預演系列 2

嫉妒的答覆

（原著名：告白予行練習2 ヤキモチの答え）

2015年8月27日 初版第1刷發行
2023年11月21日 初版第5刷發行

原案：HoneyWorks
作者：藤谷燈子
插畫：ヤマコ
譯者：咖比獸

發行人：岩崎剛人
總編輯：蔡佩芬
編輯：黃怡珮
美術設計：宋芳茹
印務：李明修（主任）、張加恩（主任）、張凱棋
發行所：台灣角川股份有限公司
地址：104台北市中山區松江路223號3樓
電話：（02）2515-3000
傳真：（02）2515-0033
網址：www.kadokawa.com.tw
劃撥帳戶：台灣角川股份有限公司
劃撥帳號：19487412
法律顧問：有澤法律事務所
製版：尚騰印刷事業有限公司
ISBN：978-986-366-663-9